JN201943

Street Fiction
by
SATOSHI OGAWA

まえがき

小説以外の仕事を引き受けるとき、二つだけ決めていることがある。

- 本業（小説を書く仕事）の邪魔にならないこと。
- 終わったあと、一切反省をしないこと。

まず、準備に多くの時間を費やさなければいけなかったり、何週間も拘束されたりするような仕事は引き受けない。その仕事を引き受けることで、本業が疎かになってしまっては元も子もない。

あるいは、小説以外の仕事で何か手痛い失敗をして、「あのときこうすればよかったな」とか、「もっと別のやり方があったな」とか、そういったことで思い悩んだりもしたくない。小説以外のことが上達しても、たいした意味はない。僕の本業は小説家だ。どれだけラジオのＭＣが上手で、どれだけ広い交友関係があったとしても、書いている小説がつまらなかったら評価してもらえない。

だから僕は、ラジオ番組『Street Fiction by SATOSHI OGAWA』の仕事を引き受けることになった瞬間から、「準備しないし、反省もしない」と決めていた。

準備も反省もないのなら、こんなに楽しい仕事はない。ラジオという場でなければ会うことのできない人たちと会って、その人たちの考えを聞くことができる。「番組のため」という言い訳のおかげで、初対面では聞くことのできないような話を聞かせてもらえる。それに加えて、（そんなに大きな金額ではないけれど）出演料ももらえる。

とはいえ、番組として成立させるために、僕なりに考えたこともある。ただ僕が楽しむだけでは誰も番組を聴いてくれないだろう。

僕が考えたことはただ一つ——小説家として語ること——だけだ。

僕より喋りが上手な人なんて、この世界には数えきれないほどいる。でも、僕より小説について考えている人は、たぶんそれほど多くはない。番組には、小説家だけでなく、実にいろんな活動をしているゲストに来ていただいたが、彼らの話の中に「小説」を見つけ、その部分を広げることならできる。

先ほど番組のために「準備しない」と言ったけれど、ゲストの本を読んだり、過去のインタビューを確認したり、出演した作品を観たり、そういった準備は欠かさなかった。ラジオMCとして「どういう風に話題を展開させるか」とか、「どういう質問をするか」とか、そういう準備は一切せず、ただゲストが何に興味を持っていて、どういうことを考えているのか、「ゲストの人生」という小説の読みどころを探るように気をつけた。

幸運なことがいくつも重なって、僕が予想していたよりもずっと長い期間、番組が継続した。

一番の幸運は、とにかくゲストに恵まれたことだろう。番組に誰を呼ぶのか、その決定に僕は一切関わっておらず、すべてスタッフが決定していたのだが、毎週のように魅力的な方が来て、興味深い話をたくさん聞かせてくれた。普段のように、一人で小説を書いているだけでは会うことなどできなかった人たちと、じっくり話をする機会を設けていただいた。

もう一つは、リスナーに恵まれたことだろう。テレビなんかに比べたらそれほど数は多くはないかもしれないけれど、何かについて真剣に考えてきた人が、小説のことばかり考えている僕と話をして、その結果、会話が思わぬ方向へ飛んでいって——そんなことを楽しんでくれる人が存在したのだ。


本書は、僕が一年半続けてきた番組の一部を、番組を聴いていなかった人の手に、あるいは番組を聴いていたけれど、改めて本の形で読み直したいと思っている人の手に届けるために作られている。

頭から読んでもいいし、気になったゲストの回から読んでもいい。ゲストの多くは何らかの作品を携えてきているので、話題に上がっている作品を読んでから挑むと、より深い洞察が得られると思うけれど、「そんなの面倒くさいよ」と思うなら(僕が読者だったら思うだろう)そんな準備は必要ない。これは学校の授業ではなく、ラジオ番組なのだ。作品の中身がわからなくても、会話の内容はわかるはず。

僕のMC力はともかくとして、ゲストの方の話は本当に面白いので、興味を持った方がいれば、今後もその人の本を買ったり、その人の活動に注目してみたりしてほしい。

目次

本書に収録した『Street Fiction by SATOSHI OGAWA』の
放送回はAuDee（オーディー）でお聴きいただけます。

【AuDee（オーディー）とは】

TOKYO FMほか全国38のFM局の音声コンテンツプラットフォームで、スマートフォンアプリとウェブサイトの両方でサービスを展開中。2020年7月27日に配信がスタートしたアプリ版では、人気アーティストのトークから、ラジオドラマ、ドキュメンタリーまで、1000を超える配信オリジナル作品も提供。

WEBサイト　https://audee.jp/program/show/300005062
X　https://twitter.com/AuDee_jp

〈 スマートフォンアプリケーション 〉
iOS　https://apps.apple.com/jp/app/id1089137028?mt=8
Android　https://play.google.com/store/apps/details?id=mobi.gsj.park

〈小説家〉万城目学

〝万城目ワールド〟の生み出し方

万城目学
（まきめ・まなぶ）

1976年、大阪府生まれ。2006年『鴨川ホルモー』でデビュー。『鹿男あをによし』『プリンセス・トヨトミ』『偉大なる、しゅららぼん』が次々映像化される。24年『八月の御所グラウンド』で第170回直木賞を受賞。小説作品に『六月のぶりぶりぎっちょう』『とっぴんぱらりの風太郎』『悟浄出立』『バベル九朔』『パーマネント神喜劇』『ヒトコブラクダ層戦争』など多数。

【放送時のプレイリスト】

『燈』崎山蒼志
『Sunrise』Norah Jones
『Every Second』Mina Okabe
『太陽と埃の中で』CHAGE and ASKA

〝万城目ワールド〟の辻褄

小川　実は先日、僕、結婚したんですけど、時々ご飯を一緒に食べに行ったり、ゲームをしている万城目さんに証人を務めていただきました。万城目さんは日常の中に不思議な状況が入り込んでくる、独特な世界観を持つ作品を次々と生み出していますが、『八月の御所グラウンド』に収められた「十二月の都大路上下ル（カケル）」は、女子全国高校駅伝が舞台。この舞台を選んだのはなぜだったのでしょう。

万城目　最初のイメージは京都市内でバスに乗っている人が、窓から外を見たとき、新選組が隊列を組んで歩いているのを目撃してしまうという一枚絵のようなものでした。幕末期に京都の見回りをしていた新選組が現代の道を歩いてるんだけど、周りの人は変だと思っておらず、でもその人はあれ?と思っている。けれど自分はバスの中にいるから確認できない、ちょっと不自由な状況で変なものを見ちゃった、というイメージが浮かびました。どうしたらこれを短編に膨らませられるかなと考えたとき、主人公が駅伝のランナーで、都大路でデッドヒートを繰り広げているシーンと、マラソン中継で映り込むおっちゃんみたいに、歩道を猛烈な勢いで走っている新選組という組み合わせの絵が浮かんだんです。主人公はそれを見てしまうんだけど、真剣勝負の真っ最中だから確認できない、という風に話が膨らんでいきました。

小川 この一冊に収められた2作はどちらもスポーツを扱っていますが、最初にスポーツがコンセプトとしてあったわけではなく、妙なものを見るんだけど、どうしようもない、みたいな状況自体を書きたいと思ったんですか？

万城目 スポーツって、ルールに従ってその時間を過ごさないといけないので、自分の好奇心では自由に動けないという制約があるでしょ。そこを利用できるかな、と。

小川 ちょっと話が変わってしまうんですけど、普段お会いするとき、万城目さんって最近観た映画の話とか、読んだ小説の話をよくしているじゃないですか。それで大体、酷評しますが、万城目さんが文句を言うときって、基本的に、そこにある辻褄の話がほとんどですよね。

万城目 自分の中では、全然そういう自覚ないです。

小川　具体的に、ここがこうマズいみたいなことを言うとき、このシーンでこの人がこういう行動をすると辻褄が合っていないとか、要は、万城目さんって、クリエイターが自分の描きたいシーンを描くとき、前後の脈絡を説明することに手を緩める行為に、めちゃくちゃ厳しいなと思っていつも話を聞いてるんです。僕の妻の山本さん（マンガ家・山本さほ氏）とも、〝万城目さん、辻褄の話ばっかりするよね〟っていつも言ってるんです。この前、山本さんがある映画を見たとき、辻褄が合ってないと言って怒っていたので、〝それちょっと、万城目、始まってるよ〟って言っていたんです（笑）。

万城目　始まってない、全然始まってないよ！

小川　うちでは辻褄を理由に作品を酷評することを、その度合いによって〝五千城目〟とか〝三千城目〟とか言うんです。完全に万城目さんが乗り移っていると、〝万城目〟って。

万城目　フルで〝万〟になるんだ。

小川　そうです。そしてご自身は辻褄を重要視しているのに、万城目さんの作品って、一見して辻褄の合わないことが起こる。よく言われる〝万城目ワールド〟って、現実ではちょっと理解できないような不思議なことが起こるみたいなニュアンスですよね。そこには矛盾が生じるのですが、でも万城目ワールドって1個、嘘をついたらその嘘にきちんと基づいて、物語が展開していくんですよね。つまり実は、めちゃくちゃ辻褄ベースだということなんです。

万城目　そう言われたら、そうかもしれない。

主人公がぼんくらだと、会話で物語は進んでいく

小川　表題作「八月の御所グラウンド」は野球の話。こちらは京都の大学生が借金をして、そのかたとして、お盆の早朝に行われる草野球大会に人数合わせで出場させられることになるという話です。メンバーが足りなくなりそうになると、そのたび謎のメンバーがやって来て、人数が足りてしまう。なぜ野球にしようかと思ったんですか？

万城目　元々の着想が京都を舞台に、だったのですが、生きている人と死んでいる人が何食わぬ顔で一緒にいるという切り口だったら、京都が書けるかなと。普通に街を歩いてすれ違った人が、実は本当は死んでた人でもいいんじゃないか？　いや実はそうだった、

という感じで書けるんじゃないかと思いついて。特にやる気のない草野球の場合、本当にメンバーを集めるのが大変ですよね。しかも夏休みど真ん中で。そうするとどうしても人数が足りなくなる。そこにふらっと参加してくれる人が死者絡みだったら、話が膨らむんじゃないかと。

万城目 野球を書くのは初めてですよね。どうでした？　難しかったですか？

小川 難しくなかったですね。野球経験がないにもかかわらず、野球のいろんなシーンやルールを、知らない間に自分が蓄積していたんだ、ということを書いて改めて知りました。たとえば2アウトでランナーが3塁にいるとき、こういう各選手の心の動きがあるとか、自分がわかるなんて、ちょっとびっくりしましたね。

万城目 僕も草野球には人数合わせで何度か行ったことがあるんですけど、あの打てない感じとか、とにかくボールがこっちに来てほしくないという感じとか、野球経験のないやつが野球をやる雰囲気がすごく出ていた。メンバーに入ってくるものすごく賢い女の子、留学生のシャオさんも現実にいそうで、キャラクターとしてしっくりきました。

万城目　僕の書く主人公って大体ぼんくらなので、状況を理解し、ストーリーを前に進める動きを主人公ひとりでは作れないんです。横に賢い人がいないと話が進まない。その賢い人は往々にして女性が演じることが多い。だから僕の作品に出てくる女性ってみんな賢いんです。小川さんはそういう形をあまり取らないですよね。主人公は大体、ひとり……。

小川　そしてテキパキ動きますね。僕のやり方だと、問題があるのは映像化のときですね。万城目さんのシステムだと、会話によってやりとりを進展させることができるわけですよ、その女性とぼんくらで。

万城目　そうね。主人公は自分じゃ考えてないもんね。

小川　僕は主人公ひとりでやっていくので、内省によって話が進んでいくわけです。だから映像にしたとき、本人の思考の過程みたいなのを表現するのが難しいんじゃないかなって勝手に思っているんです。ただ、僕はあんまり、ぼんくら出さないですね。

万城目　なんでですか？

小川　ぼんくら小説が嫌いだとかではまったくないんですけど、主人公がベストを尽くしていないことによって話が進むのが、僕はあんまり好きじゃないんです。主人公の落ち度によって話が進展するのが。お前が頑張っていたら、この事件は起きていないじゃないかって思っちゃうから。たとえばミステリー小説で、死体を発見した主人公が怖くなってその場から逃げ、それによって容疑者として疑われるところから始まる話があったとしたら、その時点で僕は本を閉じます。〝お前が110番していたら、この小説はないじゃん〟って。

万城目　毅然と対処することを求めるわけ？

小川　ベストを尽くしてほしいと要求する気持ちはあるかもしれないですね。ベストを尽くしたけど、それでも足らない、これ以上のことはもうできない、と、すべて手を尽くしたうえで失敗してしまうのはいいんです。

万城目　わかります、わかります。

小川　そこでそのひと言を言えばよかったのに、俺だったら言うけど？みたいなのが、僕は強いんでしょうね。だから僕の小説では、そうした話を進めるためのやりとりを主人公ひとりの内省に委ねてしまうんです。

万城目　そうか。ひとりなら、頭の中でAの気づき、Bの気づき……で結論に持っていける。

小川　そうなんですよ。だから『君のクイズ』は発言での進展が少ないんです。

万城目　それ、書くの難しくないですか？　場面転換しづらいでしょ。

小川　だから視点を変えることが多いですね。長編だと複数人の視点を作り、場面ごとに視点を切り替えて進めていく。一人称で書ききったのは、たぶん『君のクイズ』が初めてですね。

万城目　なるほど。面白いですね。

装丁をすべて編集者に任せるのは

万城目　本を作るとき、著者がどれくらいまで装丁に関与するのか？みたいな話を以前、しましたよね。そういうのって自分の例しかわからないから、装丁を決めるにあたり、みんなどれくらいの割合で関わっているんだろう？って思っていたんです。でも小川さんの話を聞いたら、〝そこまで任せているのか！〟と驚きました。

小川　表紙に関しては、僕は関与ゼロですね。

万城目　出版社が100なんですね。その話を聞いて、『八月の御所グラウンド』の装丁は、初めて全面的に編集者にお任せしたんです。これは小川さんの影響を受けています。

小川　理由があるんですよ。僕が好きな装丁の本って、あまり売れていないことが多いんです。

万城目　ぷっ……（笑）。

小川　僕の基準で決めていくと、書店で手に取ってもらえるものになるかわからないんです。だからカバーデザインを決めるとき、編集者にいつも言っていることがあるんです。〝装丁はすべてお任せします。そのかわり売れなかったら、装丁のせいにします〟って（笑）。

万城目　小川さんって、嫌な人なのかもね。

小川　デビュー作『鴨川ホルモー』は、京都大学に入学した学生が入ったサークルで「ホルモー」という謎の競技に出合い、それで戦っていく話ですけど、「ホルモー」の設定自体、どういう着想からだったんでしょう？

『鴨川ホルモー』は、怒りの中でリミッターが外れた結果だった

万城目　サークルの話を作ろうと思ったんです。よくあるサークルにすると面白くないので、ちょっと変なのをやってしまおうと、「ホルモー」という競技を捏造したんです。

小川　それ、すごいですよね。デビュー前にその切り替えと発想ができるのって。小説を何本も書いていると、こういうのはありきたりだから思い切ってこうしよう、ということもできるけれど。小説を書いていなかった頃の僕には「ホルモー」なんて絶対に出てこなかった発想です。

万城目　リミッターが外れていたんですよ。芽が出ない小説家志望の時代を経て、このとき、28歳か29歳で、貯金もほんとちょっとしかなくて。これでダメだったら再就職し、小説家の道を諦めようという、無職時代最後の挑戦がこの『鴨川ホルモー』だったので、気分的には〝怒り〟だったんです。今までやったやつ、全部ダメだったから、ちょっと滅茶苦茶やってやろうって。

小川　それは何に対する怒りだったんですか？

万城目　自分でしょうね。良い子の文章を書いて、スマートに物事を突破しようとしていた自分への怒りじゃないですかね。

小川　万城目さんって、司馬遼太郎や中島敦の作品がお好きじゃないですか。文章の作り方も、戦前・戦中・戦後ぐらいの日本人作家の作り方とちょっと似ているところがある。

万城目さんは、僕の知っている同業者の中でも一番文章にうるさいと思っているんです。小説の中で〝言う〟って語句を絶対に使わないじゃないですか。〝言った〟とか〝言う〟とか。

万城目　あぁ、鋭いですね！　それはね、僕が初めて小説を書いたとき、鍵括弧の後に続く言葉を、なんて書いていいかわからなくて、みんなどうしているんだろう？「　」を書いた後はどうするのかと、村上春樹さんの小説を見ちゃったんです。村上春樹さん、だいたい、〝と言った〟なんですよ。

小川　確かに。村上春樹さんはほとんど、〝と言った〟です。

万城目　だから、初めて書いた小説は、〝と何々は言った〟で全部通したんです。ものすごく自己嫌悪に陥りました。なんてオリジナリティのない男だと。あれから27、8年経っても、その反動がまだあるんです。

小川　万城目さんの小説って、〝言った〟を封印しているので、セリフを言うたびにアクションが入りますよね。マンガでいうと、コマの中にセリフだけがある状態にはできない、という感じで、登場人物がセリフを言うたび、みんな新しいアクションをする。これを書くのは、きっと時間がかかるだろうなと。

万城目　いや、時間かかるんですよ。

小川　万城目さんの表現に対するこだわりは本当にすごいと思うんですけれど、『鴨川ホルモー』を書く以前は、それが前面に出ていたというか、読む側に押し付けるものになっていたのかもしれませんね。文章自体はきっちり作りながらも、設定はふざけ倒すというバランスみたいなものを『鴨川ホルモー』で得られたんでしょうね。

万城目　『鴨川ホルモー』以前は、内容もカチコチの堅いものを書いていました。さっき指摘があった近代文学の真似にすらなっていない真似でしたね。100年経ったら内容を変えるべきなのに、100年前の枠組みの中の話を現代でも使うという、変なことをやっていたんです。それが『鴨川ホルモー』で外れたんですよ。〝もう、何をやってもいいいや！〟って。

風に吹かれ、猛烈に感じた虚無から作家を志す

万城目　『バベル九朔』という作品に、新人賞の授賞式シーンが出てくるのですが、僕は授賞式がセットの新人賞を経てデビューをしていないので、それを見たことがなくて。だから編集者の方に直近で開催される式を見学させてほしいとお願いしたんです。で、行ってみたところ、こういう感じで受賞者が壇上で喋るんだ、なんか達者にめっちゃ喋ってる人がいるなと思ったのが、なんと小川さんだったんですよね。

小川　ハヤカワSFコンテストの授賞式のときの。

万城目　そう。あのとき喋っていた背の高い人が、小川さんだと気付いたのが、それから4、5年後。クローゼットを整理していたら、小川さんのデビュー作が出てきて。買った覚えは無いのにと帯を見たら、あぁ、あのとき、壇上にいた人が小川さんだったんだ！って。

小川　5年くらい前、編集者と食事をしたとき、山本さほさんも同席していて初めて会ったんです。そのとき、「万城目さんと一緒にゲームしたりするんですよ」と言われて。万

城目さんは同業者の大先輩なので、「すごいですね」と言ったら、「今度、一緒にどうですか？」と言われて、『Fortnite』をやったんですよね。

万城目 小川さんは僕の人生の中で、初めてオンラインゲームで知り合い、その後リアルで会った相手なんです。

小川 その後も何度もゲームして、そのうち普通に会ってご飯を食べたりして今に至るという感じですが、万城目さんが小説家になろうと思ったのは何歳ぐらいのときだったんですか？

万城目 21歳のときですね。

小川 何か決定的なタイミングがあったんですか？

万城目 自転車をキコキコ漕ぎながら、大学から下宿に帰っているとき、正面から風が吹いてきたんです。そのとき、僕3回生だったんですけど、もうね、なんにもないと思ったんですよ、自分に。なんにもない、何ひとつない、自分は蒸留水みたいだなって。虚無の虚無、これから何をしたらいいかわからない、と、その風に吹かれたとき、猛烈に実感しまして。

小川　それまで気付かなかったんですか？

万城目　気付いていましたけど、風を受けたとき、猛烈に感じたんです。その気持ちを文章に残さないとダメだと思ったんです。あと半年もすれば就職活動が始まり、その後は否応なしに働くことになる。こんなに異様に宙ぶらりんな状況って、おそらくこの数か月が、人生の中で最初で最後だなと思い、これを文章に残さないとと思って表現したのがなぜか長編小説だったんです。書き始めたのはそれから1年後だったんですけど。そのとき21歳で、『鴨川ホルモー』を書いたのが29歳だったので、暗黒の20代でしたけどね。

小川　そのとき、一番影響を受けていた、あるいは意識していた作家って誰ですか？

万城目　中高、大学は司馬遼太郎、夏目漱石、中島敦と、その辺のちょっとお堅いところが好きで。２００２年に無職になって、小説に集中し始めたあたりから、海外小説を読み始めたんです。それまで読書友達という存在がいなくて、こういう本があるって教えてくれる人もいなかったので、海外小説というものにずっと気付けなかったんです。チャールズ・ブコウスキーの作品に出合ったとき、〝なんかちょっとたどり着いたな〟という気がしました。

小川　〝これだ〟というものに、という意味ですか？

万城目　自分のことを、クズとかダメだとか思うんだったらブコウスキーぐらいにならないと、と。このくらいダメなら芸になるけど、そこの手前にいる、お前みたいな中途半端なやつが〝自分はダメです〟と言うのはなんの面白味もないということを、あの高度な芸を見たときに気付かされて。自分の悩みとか書くのは恥ずかしいからやめようと、自分の話は一切書かず、アホな話だけを書こうと。大阪人のメンタリティ的なところに回帰したのかもしれないですけど。

小説家にとっての経験はアンコウみたいなもの

小川　「万筆舎」というひとり出版社を、万城目さんは営んでいらっしゃるんですよね。

万城目　ひとり出版社と言っていいのかな。テキストは完全に自分で作っているけど、装丁はブックデザイナーの人に担当してもらっています。

小川　作家と編集者と営業、全部ひとりでやっているんですよね。

万城目　そうです。印刷会社とやりとりをし、〝何日までに入金〟ということもやっています。刷った見本が届いたら、ミスがないかチェックするという編集者の仕事も。文学フリマにも出品したりして。

小川　ちなみになぜ、そんな大変なことをやろうと思ったんですか？

万城目　まず、どこにも収録するあてのない、中途半端なボリュームの作品があって。そして自分は作家になってもう17、8年も経つのに、どうやって本ができるのかまともに知らなかったんですよ。本ができる過程のことをなんにも知らない、というのが、なんか嫌だなと思ったので、この行き先のない原稿を使って、一から本を作ることをやってみようと思ったんです。

小川　作家って、本に入れられない短編を結構みんな抱えていますよね。

万城目　そうなのよ。

小川　そういうのをどうするか、難しい問題ですよね。だから万城目さんみたいなスタイルで世に出すのは、すごくいいことだと思う。大儲けしたらビジネスになるし、大コケしたらしたで、万城目さん、これ、小説のネタにするつもりだよなって思ってました。

万城目　小説のネタにするとまでは考えてませんけど！

小川　どっちに転んでもやっぱり小説家って……。

万城目　経験ですね。

小川　そう。アンコウみたいに全部食べられるんでね。

万城目　小川さんも何か出したい小説があったら、ぜひ万筆舎から。

〈俳優〉

小泉今日子

俳優業と執筆業、それぞれの筋肉

小泉今日子
（こいずみ・きょうこ）

神奈川県生まれ。1982年のデビュー以来、歌手、俳優として活躍。2015年より「（株）明後日」の代表を務める。著書に『読売新聞』に掲載された97本の書評を収めた『小泉今日子書評集』、講談社エッセイ賞を受賞した『黄色いマンション　黒い猫』、Spotifyオリジナルポッドキャスト『ホントのコイズミさん』を書籍化した「ホントのコイズミさん」シリーズなど多数。

【放送時のプレイリスト】

『貴方の恋人になりたい』チョーキューメイ
『High and Dry』Radiohead
『My Universe』Coldplay X BTS
『バード・オブ・ビューティー（美の鳥）』石川紅奈

テレビ局の片隅で読書する少女の内に広がっていたのは

小川　ご自身の記憶の中で最初に読んだ本って覚えていますか？

小泉　私は姉が2人いたので、子どもの頃、家には本がいっぱいあったんです。好きだったのは『人魚姫』と『親指姫』。私が子どもの頃って、絵本にソノシートというレコードみたいなのが付いていてて、それをプレイヤーにセットすると朗読を聴けたんです。

小川　読み聞かせみたいな感じで。今でいうオーディブルみたいな。

小泉　そうですね。赤とか綺麗な色の半透明で薄っぺらい、ソノシートっていうの。『人魚姫』は終わり方が儚くてすごく驚いたんです。海の泡になってしまうなんて、と。ちっちゃいときから、私は死というものにすごく興味があったんですけど、死ぬってどういうことなんだろうと思っていたとき、「ああ、海の泡になって消えるって綺麗かも」って。子どものときの読書体験の中ではそれが一番印象に残っていますね。

小川　僕は怖かったですね、すんごい。泡になっちゃうなんて……と。当時、僕は恋とかよくわかっていなかったから、泡になって消えて「怖っ！」となった記憶があります。

小泉　私は「なんか死って美しいものかもしれない」って思ったのが記憶に残っています。あのとき小学校1年生ぐらいだったのかな。

小川　自分のお小遣いで、本屋さんで最初に買った本って覚えてます？　僕はね、明確に覚えていて。筒井康隆さんの『農協月へ行く』っていう本だったんです。農協職員がすごいお金持ちで。農協で儲けて月旅行に行ったら、宇宙人と出会っちゃうんだけど、なんだ、こいつ？みたいな感じで、ずけずけ宇宙人に話しかけたりとか、デリカシーのないことを訊いていったりする、ちょっとギャグっぽい面白い小説でした。

小泉　私は15、6歳の頃に芸能界に入ったんですけど、学校のことを親と会社、プロダクションの人が話し合っていて、自分はどこか芸能系の高校に編入すると思っていたんですよね。堀越とか明大中野とか。そしたらいつまで経っても学校の話をしないから、父親に「私ってさ、学校どうなったの!?」って訊いたら、「えっ！　退学届出したよ！」って言われて。元々、勉強できなかったし、あんまり好きではなかったけど、高校を卒業していないってことが自分のネックになったらどうしようと思ったとき、いつでも学べるのは読書だなって思って、本屋さんに行ってみたんです。いろいろ本棚を見て、名前も存在も知っていたけど、近代文学の巨匠みたいな人の本を読んだことはなかったなって思って。「太宰治だったら『人間失格』だって、みんな言ってるよな」って、『人間失格』を買って読んだらびっくりするくらい面白くって。

小川　書評誌に「本を読むのが好きになったのは、本を読んでいる人には声をかけにくいのではないかと思ったからだった」と書いてありましたね。

小泉　そうなんです。なんかテレビ局ってすごく忙しいから、気を使って話すのとか、面倒くさかったんですよね。知らない人なのに、馴れ馴れしく話しかけてきたりする業界人っぽい人もいて、それが面倒くさくて話しかけられないように、小道具としていつも本を持っていたんです。でも読み始めると、知らない世界に入ってしまって。それはそれで未知の世界なので、怖いっちゃ怖いんですよね、心の中が。だけど没頭してしまうと、その怖さが全部ふわぁーって消えて、別の世界に行くことができる。それがSFだったら宇宙にも行けて。だけど周りの人から見たら、静かに座って本を広げている、ただの少女に見えるじゃないですか。「何これ、すごい面白い」みたいな感じでしたね。

小川　当時はどんなジャンル、作家さんを中心に読んでいたのですか？

小泉　太宰治さんを読んでから、夏目漱石さんとか、聞いたことのあるものを全部。

小川　〝さん〟付けするの、面白いですね。

小泉　そうですね（笑）。あと堀辰雄さんとか、いわゆる純文学みたいなものをひと通り読んでいました。

小川　日本文学の古典ですね。

小泉　あと、「向田邦子って知ってるぞ！　あのドラマを書いた方だ」って、向田さんのエッセイや小説を読んだり。そうやって本を読んでいると、本好きな人が来て、「何読んでるの？」って訊いてきて、次、会ったとき、「これすごく面白かったよ」って自分の読んだ本をくれたりして。秋元康さんがまだ放送作家をしながら作詞家をされていたとき、レコード会社のスタジオで、井上ひさしさんの『十二人の手紙』という本を手渡してくれたんです。

小川　とても面白いですね、あの作品。

小泉　面白かったです。その頃流行っていた清水義範さんの『永遠のジャック&ベティ』という本もいただきましたね。私は『十二人の手紙』で井上ひさしさんという方を知り、「この方は演劇を作ってる人なんだ」とか、本を通じていろんなことが繋がっていくのが、すごく面白かった。さらに小説の中にまた小説の話が出てきたりすると、それも読まないと、という感じでどんどん読みたいものが増えていって。小説だけじゃなくマンガも読んでいましたね。私が一番好きなのは大島弓子さん。大島さんは子どもの頃から大好きで、新しいものが出ると必ず買っていました。浦沢直樹さんもすごく好きで、『MASTERキートン』とか読んでいましたね。あと松本大洋さんも。『鉄コン筋クリート』を読んだときはもう衝撃で。『週刊ビッグコミックスピリッツ』で連載が始まったとき、ものすごく面白いから、そのページを全部切り取って、友達にファックスを送ったこともありましたね。「これ読んでー!」って(笑)。

小川　ファックスまでして、薦めたんですね(笑)。本を読んだり、マンガを読んだり、物語に触れることが仕事に活きたということはありましたか？

小泉　俳優の仕事をしていると、マンガがすごく役に立って。たとえば『ギャラリーフェイク』という美術商が主人公のマンガがあるんですけど、芸術や骨董、その背景となる歴史などの描写があり、そこに根付とか、和装のときに付けるものも出てくる。おかげで、自分も和装をしたとき、そういうものが理解できるようになりましたね。あと『ガラスの仮面』でお芝居をする北島マヤが、樋口一葉の『たけくらべ』を舞台で演じる場面では、悲しみの表現として後ろ姿で首を傾げ、だらーんとしたり、人形の役を演じたときには、ずーっと動かなかったり。そういう描写も、演技をするときのイメージとして自分の中にいっぱい残っていて、役を考えるとき、本当にマンガは役に立ちました。

小川　マンガのコマ割りって、すごく映画的というか。役者さんがそこで立ったり、座ったり、カメラに向かって喋るみたいな感じがあるから。

小泉　そう。その感覚は映画のコンテとそっくりなんですよ。

韓国文学の面白さとは「そのまま書かれている」こと

小川　小泉さんは2005年から10年間にわたり、読売新聞の「本よみうり堂」の読書委員を務められていました。この読書委員って2年間が任期なんですけど、例外的に10年間も。

小泉　たくさんの方にお会いできて楽しかったんですけど、毎回、卒業できない人みたいな、ずっと落第しているみたいな感覚でした（笑）。

小川　それまでは書評のお仕事は？

小泉　知っている方が新しい本を出すので帯の言葉を書いてくださいとか、雑誌で書いてくださいと頼まれてやったことは単発であったけど、「新聞書評なんて……」と思いましたね。

小川　書評というものを学びながら始めた感じだったのでしょうか。

小泉　小説を取り上げるといっても、その著者の既作をすべて読んでいるとか、その方の特徴を知っているわけではないので、評論ということはたぶん、私にはできない。自分が読んでいる、読んだ時間というのを書くしかなかったんです。物語の内容が、自分にどう関係あるかということしか書けないから、もうそれでいこう、それしかできないんだもんっ！みたいな感じでやっていました。10年間、読書委員をやっていたら、面白いところを見つけようとして読む癖がついてしまって。読書委員が終わった後の1、2年はあんまり本が読みたくなくなってしまったんです。

小川　じゃあ最近はまた、本をお読みになられていますか？

小泉　会社を作っちゃったので。社長になったら楽になると思いきや、すごく忙しくて。本を読む時間はすごく減っているんだけど、朝、お風呂で読んだり、あと移動の時間、新幹線や飛行機に乗るとなると、「わーっ、嬉しい、本が読める！」みたいな感じですね。飛行機が遅れるとか、友達が待ち合わせに遅れると、ちょっとイライラする人もいるかもしれないですが、私はなんか「ちょっとラッキー」って思ったりします。

小川　最近、おすすめの本というか、面白かった本はありますか？　最近出た本という意味ではなく、最近読んだ本で。

小泉　今、私、音楽も映画やドラマも韓国の作品が好きなんですけど、韓国文学はやっぱり面白いですね。

小川　最近すごくいっぱい出ていますよね。僕はSFがすごく好きなんですけど、韓国のSFも面白い。キム・チョヨプさんとかね。

小泉　すごく面白いですね。パク・ミンギュさんの『カステラ』という本があって。ミンギュさんの作品は、あのSF感がすごく面白くて。子供の頃に、星新一さんを読んだときのような気持ちになれるんですよね。

小川　ソン・ウォンピョンさんの『アーモンド』も面白かった。

小泉　私も好きですね。あと、女性たち、韓国の若い作家の人たちが、フェミニズムについての小説を書いていて、それがすごい現実的でもあるんだけど強いんですよね。構成における意志が強くて。そういうのもちょっと面白いなと思って読んでいます。

小川　ドラマ『梨泰院クラス』みたいな作品を観ると、韓国の文化ってすごく作り込まれていて、世界標準を作っているイメージがあるけど、小説はあまりそういう感じでもなくて。韓国の若者や韓国の人々が考えている本音の部分が出てくる感じがしますよね。

小泉　チョン・セランさんの『フィフティ・ピープル』という本があるのですが、50人以上のキャラクターが出てくる短編の連作なんです。そこには、韓国の人の日常の感覚みたいなものが、いろんな職業・立場の人を通して巧みに書かれていて。それもなんていうんだろうな、「そのまま書かれている」っていうかね。

小川　韓国の他のエンターテインメントからはあまり感じないようなものが、小説にはある気がしますね。やっぱり韓国って兵役があるじゃないですか。そこが他の国と圧倒的に違うところで。だから韓国で生まれ育った人って、すごくいろんな思いや葛藤がある。特に女性はそれが強いような気がしますね。

小泉　女性がそうした葛藤や縛りから解放されつつある社会の中で、それぞれが本当に自分の感覚で書いていているなっていう感じがします。

本と書店を好きな人たちのどんどん広がる繋がり

小川　小泉さんが本を手に取るときって、どういうきっかけが多いですか？

小泉　思わぬ出会いを絶対にしたいので、本屋さんでも古本屋さんでも、何も考えずに店内をプラーって歩くんです。言葉や装丁など、そこで自分が「気になる」という感覚を大事にしています。

小川　僕、最近気付いたんですけど、人それぞれにおすすめ信頼度みたいなポイントが割り振られていて、この人のおすすめはポイントが高いとか、逆にこの人のおすすめはあまり信用できない、みたいなものがあるんじゃないかと。そのおすすめポイントが累積されていって一定以上になると買う、みたいなところが自分にはありますね。

小泉　海外文学だと翻訳者の方ですね。この人が翻訳した本はきっと面白いだろうなって。

小川　そうですね、岸本佐知子さんとか。

小泉　そう。韓国文学だと斎藤真理子さんが翻訳されたものは絶対に面白いだろうなって思ってしまう。信頼度が上がりますね。

小川　僕も柴田元幸先生のファンだから、柴田さんの本だったら買う、みたいなね。「翻訳者読み」は、訳者の人が「この本、面白い」と思って訳しているから、当てになりますね。本や本に関わる人たちと語らいながら、ヒントになる言葉を探していくSpotifyポッドキャスト番組『ホントのコイズミさん』では、本屋さんにも行かれているんですね。

小泉　いつもはスタジオで収録するんですけど、本屋さんを紹介するときは、実際に行って収録するんです。それがすごく楽しくて。今、本屋さんが少なくなってきていると言われていますが、独立系のこだわりの本屋さんはすごく増えてきていて。そういう本屋さんをわざわざ開くということは、本以外に売りたいものがあるんだろうな、それを聞いたら、きっと誰かの心に響くだろうなって思って。

小川　小泉さんに来てほしい、というコンセプトで作った書店さんもあるとか。

小泉　元新聞記者の方が開いた書店は、どんな人にお客さんとして来てほしいかなっていうのを思ったとき、「小泉今日子さんみたいな方が来るような書店にしたくてここを作った」と言ってくださって。

小川　小泉さんが本屋さんを選ぶときのポイントはどういうところにあったりしますか？

小泉　思いっきり針が振れているところはやっぱり面白いし、行きたいなって思いますね。リスナーの方からおすすめを聞いているんです。たとえば商店街に作った小さな本屋さんが、高校生や大学生と一緒にコンセプトを作っていると聞くと、やっぱり話を聞きに行きたくなるじゃないですか。ＬＧＢＴＱ＋をテーマにしたマガジンを作っている人たちのこともリスナーの方が紹介してくれて、そうしてどんどん仲間が増えていっている感じがすごく面白いんです。あと海外の人からは、「アジアの本ばかりを集めている書店があるから、ぜひ行ってみてください」とか。そうして繋がっていくのが楽しいですね。

小川　本屋さんの名前だけ聞いておいたら、旅行に行ったとき、地方なり、海外なり、ちょっと顔を出してみようかなっていうのもできますしね。

小泉　あと嬉しいのは、海外で暮らしている日本人の方が、日本語が聞きたかったり、日本の情報が知りたかったりしたとき、この番組を聴いて「その本を買いました」とか、その方のちょっと癒しになっていたりするというのも、いいところだなと思います。

役者で鍛えた筋肉を使って小説を書いてほしい

小川　小泉さんは雑誌の連載でエッセイもお書きになっているんですけど、エッセイを書くときの題材って普段、どうやって見つけていますか？

小泉　面白いことが起こったときには、「これ、書ける」と思ったりするんですけど、なかなか毎日そんな面白いことがあるわけではないから、過去の記憶からテーマを出すことが多いですね。子供の頃の話だとか、ティーンエイジャーのときの話を思い出して、今の自分と繋げて書くとか。

小川　書くときに決めていることはあったりしますか？

小泉　『パンダのanan』っていう20代の頃に書いたものは、全編通して読むと自伝みたいになってるといいなぁとか、あと「原宿百景」という連載のエッセイの部分をまとめた『黄

色いマンション　黒い猫』って本があるんですけど、それを書き始めたときには、小説風の書き方をしてみようかなとか、いつも自分なりのルールを決めていますね。

小川　内容はエッセイなんだけど、小説っぽい文体という？　お話を聞いていると、小泉さんは小説も書けそうですよね。

小泉　遠い夢として、本当のおばあちゃんになったら、小説を書きたいなと思っているんです。

小川　本が好きな人と話をしているときよく思うのは、本が好きすぎると小説って書けなくなってくるということ。でも、ハリウッド俳優のトム・ハンクスって、めちゃくちゃ読書家なんですけど、彼は小説を書いているんです。読者的には、トム・ハンクスが小説を書くなら、役者ではない普段のトム・ハンクスが考えていることが表現されているのだろうと期待してしまうんだけど、言ってみれば、彼は「小説家」という役を演じながら折り目正しく書いているんです。

小泉　小説家像が彼の中にあるんでしょうね。できちゃったんでしょうね、役としてね。

小川　そう。ちゃんと。本当に本が好きなんだなというのが伝わってくる、すごく不思議な読書体験でした。ぜひ読んでみてください。

小泉　でも俳優で小説を書く人って少ないかも。随筆やエッセイで優れたものを書く人はいっぱいいるけど。

小川　根本的にその役をやる、演じる、ということと、自分でお話を動かすのとでは必要とされる筋肉がなんか違う気がしますよね。

小泉　違うかもね。自分をさらけ出して随筆、エッセイを書くということは、俳優は得意かもしれない。殿山泰司さん、沢村貞子さん、高峰秀子さんの随筆は本当に面白いし、何より力強い。山﨑努さんのエッセイも。

小川　読者としては、役者で鍛えた筋肉を使って小説を書いてくれたら、とも思っちゃいますね。すごく良いじゃないですか。きっと作家の自分には絶対、書けない小説になるなと思います。

ゲームシナリオと小説の意外な共通点

渡辺祐真

〈書評家・ゲーム作家〉

渡辺祐真（わたなべ・すけざね）

1992年、東京都生まれ。文筆家、書評家、書評系YouTuber。2023年7月までゲーム会社でシナリオライターとして勤務していた。文庫の解説、書評、ラジオなどの各種メディア出演、トークイベント、書店でのブックフェアなどを手がける。『毎日新聞』「文芸時評」担当。YouTubeチャンネル「文学系チャンネル【スケザネ図書館】」では書評や書店の探訪、ゲストとの対談など多数の動画を展開している。

【放送時のプレイリスト】

『夜が明けたら私たち』インナージャーニー
『Free』Donavon Frankenreiter
『サマーデイドリーム』Saucy Dog
『Kiss Me』Sixpence None the Richer

〟ティアキン〟から見るオープンワールドの行方

小川　任天堂Switchの『ゼルダの伝説　ティアーズ オブ ザ キングダム』というゲームについて、まずお聞きしたいなと思っていて。先日ニュースにもなっていたんですけど、2023年5月に発売され、発売から3日間で世界累計1000万本、国内224万本が売れたそうで、これは同シリーズ史上歴代最速で売れたそうですね。〟ティアキン〟と略す人もいますが、スケザネさん、『ゼルダの伝説　ティアーズ オブ ザ キングダム』、やってきましたか?

渡辺　もちろんやりました。「小川さんの番組に出演して、このゲームについて語るから」という、こんないい言い訳もあるんだと、喜んでやってまいりました。

小川　僕もね、いろんな人に謝罪して、時間を作ってゲームをしていました。これを言うとまた編集者に怒られそうなんですけど、僕は祠の全クリと真エンドまでやりました。

渡辺　がっつりやっていますね。

小川　「ゼルダの伝説」というゲームについて簡単に説明しますと、1986年に最初の作品が登場。実は僕、同い年なんですよ。プレイヤーがゲームの世界を冒険して成長し、アイテムを手に入れ、ダンジョンを攻略し、ゼルダ姫を助けるというのが大きな構成と世界観で、「ドラゴンクエスト（以下、ドラクエ）」とか「ファイナルファンタジー」と同じで、主人公を自分がプレイしていくタイプのロールプレイングゲームという側面もあるんですけれど、スケザネさんは、「ゼルダの伝説」の独自性というものはどこにあると思いますか？

渡辺　シリーズを重ねているので作品によって違いはありますが、共通しているのは操作性が複雑で多様であるところだと思います。いろいろなアクションができるんですよね。剣を使えるのはもちろん、弓、爆弾、物と物をくっつける、魔法みたいなものを使って一気に飛び上がるとか泳ぐとか。とにかくいろいろなアクションを自在に組み合わせ、謎を解いていくのが、「ゼルダの伝説」の大きな売りのひとつになっていると思います。

小川　僕の感覚ですけど、ロールプレイングゲームって、自分が操作しているキャラクターが強くなっていくんですよね。一方で、アクションゲームは操作しているキャラクターというより、ゲームを操作するプレイヤーのテクニックが上がっていく。その成長によってキャラクターが強くなっていく要素が強いのかなって。「ゼルダの伝説」の主人公はリンクという剣士で、リンク自体もできることが増えていくんですけど、どちらかというと、アクションを通じてプレイヤーのできることが広がっていく。

渡辺 まさにおっしゃる通りで、いわゆる旧来的なRPGの大事なことはレベル上げなんですよね。敵を倒して、経験値を得、レベルが上がって、いろんな魔法が使えるようになったり、パラメーターが上がったりする。そうじゃないと基本的に先には進めない。対して「ゼルダの伝説」は、プレイヤーがめちゃくちゃ上手かったら初期の状態で最後まで行けなくもないんです。そういう点では、一切レベルという概念がない「スーパーマリオ」のようなアクションゲームに近い。

小川 「ゼルダの伝説」は自分が小さい頃からあって、僕のときは横というか、見下ろし型のマップで上から見て、2Dのマップだったんです。それが64になり、3Dになって今に至っていますね。

渡辺 64の「ゼルダの伝説」、最高でしたね。

小川　『ゼルダの伝説　ティアーズ オブ ザ キングダム』は、前作『ゼルダの伝説　ブレス オブ ザ ワイルド』の続編というか、似ているところや同じシステムを使っているところも多いんですけど、『ティアーズ オブ ザ キングダム』と『ブレス オブ ザ ワイルド』の違い、あるいはさらに進化した部分はどこにありますか？

渡辺　『ブレス オブ ザ ワイルド』の特徴から申し上げると、何より自由度が高かったというところが一番大きい。ゲームが始まると、広大な大地が広がり、主人公を操作してなんでもできる、どこにでも行ける、というのがすごくウケまして、〝オープンワールド〟という言葉が日本で広がったひとつの契機になっていると思います。そのオープンワールドとしての基礎が固まったゲームに対し、〝ティアキン〟ではその自由度がさらにパワーアップした。具体的に言うと「できる行為」がすごく増えたんです。たとえばトーレルーフと呼ばれる技は一気に飛び上がり、天井を突き抜けて移動ができたり、ウルトラハンドと呼ばれる一番の目玉技ではあちこちに落ちている木材や材料を組み合わせ、自分でいかだを作ったり、さらにそれに扇風機を付けて自動で動くモーターボートみたいにできたり。そういった頭を使うアクションがすごく増えたんです。ゲームの難易度も上がり、一筋縄ではいかないところも増えているんですけど、それに対してプレイヤーが打てる手数がめちゃくちゃ多い。なのでひとつの問題に対して、解決策が1つや2つではなく、5個、6個とある。どれが最適解かではなく、プレイヤーの好みや、そのときに打てる手数など、そういったものを組み合わせて問題を解決することができる。この自由度の幅の広さが面白い。

小川　その辺をうろうろしているだけで、あっという間に、5時間ぐらい経ってるんですよ(笑)。あそこに何かあるんじゃないかと行ってみると、本当になんかあって。最近いろんなゲームがオープンワールドだと言われてるんですけど、スケザネさん的には自由度っていうのが、やっぱりオープンワールドにとって重要なものだと思われていますか?

渡辺　そうですね。ゲームを始めた段階からどこまでも行ける、どこにでも行けるっていうのが自由度ですね。昔はたとえば、Aの街に行く、次にBのダンジョン、次はCの街……と順番が決まっていたと思うんですけど、オープンワールドの場合は、いきなりFの洞窟に行ってもいいし、Zの城に行って魔王を倒してもいい。もうひとつ大事なのは、そのゲームの中にある仕組みやオブジェクト、いくつかのルールが組み合わさっていて、その結果、最後に行くことを容易にしていたり、逆に困難にしているところだと思うんです。「ゼルダの伝説」の場合は、武器の使用制限があり、あまり使いすぎると壊れてしまう。さらに「がんばりゲージ」と呼ばれる、これなら泳げるとか、これぐらいなら壁を登れるという制限があったり。そういったいくつかのプレイヤーに課せられた制限、逆にそれを上手く使うと自由に動ける、そういった等価のトレードオフの関係にあるパラメーター要素を巧みに使える。その結果、どこまでも行ける、あるいはここまでしか行けないという、2つの両輪によって、オープンワールドというゲームが成り立っているのかなと思っています。

ゲームをやればやるほど、小説を書く立場として感心してしまう

小川　「ドラクエ」なんかもそうですけど、シナリオ上で、たとえば船を手に入れないと行けない場所があったり、空を飛ぶ生き物を味方につけないと行けない場所があったりする。つまりプレイヤーの努力とは関係なく、イベントまでシナリオを進めないと行けない場所があるわけですよね。だからどちらかというと、ストーリーにしたがい、シナリオを進めていく中で行ける場所がどんどん増えていく喜びみたいなのが非オープンワールドというか、シナリオ型のゲームにはあったりするとは思うんです。完全に一直線で後ろに戻ることもできないタイプのゲームっていうのもあるし、その間のダンジョンと街が

繋がっているところは省略されているタイプのゲームもある。昔はそういうタイプのゲームがほとんどだったと思うんです。オープンワールドゲーム、特に「ゼルダの伝説」みたいなシステムって、最初からどこでも自由に行けるわけじゃないですか。そうするとプレイヤーが考えるのって、最初には行かないような難しい場所に頑張って行って、そこで強い武器を取ったらもうずっと、その近くの敵は楽勝で倒せるって発想になっちゃう。でも「ゼルダの伝説」の場合は、先ほどスケザネさんもおっしゃったんですけど、武器に使用制限があり、強い武器でも使いすぎるとすぐ壊れちゃうんですよね。そのかわり、どこにでも武器が落ちているからいっぱい拾える。だから最初に頑張ってもあんまり意味がないんですよね。最初に強い武器を取りに行っても壊れちゃうから。そういうのも含め、やればやるほど全部上手くできてるなと思うんです。小説を書く立場として常に感心していました。すごいな、こんなに考えられているんだと。

渡辺　今回は特に、スクラビルドと呼ばれる技があって。武器と他の物を組み合わせて新しい武器を作ることができるようになった。なんでもない木の切れ端と辺りに転がっている岩が強力な武器に一気に変貌するという。それもずっと使えるわけじゃなく、気づいたらぶっ壊れちゃったり。そのあたりのズルと制限のバランスが絶妙なんですよね。

小川　だから結局プレイヤーがその場その場でいろいろ考えなきゃいけない。そしてこの『ティアーズ オブ ザ キングダム』に関しては、クリア時間というものが実はあまり意味がない。

渡辺　まったくその通りですね。

小川　クリアだけだったら、わりとすぐできるんですよね、「ゼルダの伝説」自体は。シナリオはわりとすぐ終わるんで。シナリオ以外、いろんなサブクエストみたいなサブチャレンジをどれくらいやるか、どれくらい行けない場所に行ってみるか、そこにはまたストーリーがあったりするので、そういうのをどれくらい楽しむのかというのがプレイ時間に直結している。スケザネさんはゲーム会社でシナリオライターというお仕事をされているんですけれど（23年7月30日時点）、シナリオライターになった経緯っていうのは？

渡辺　大学を卒業してシステムエンジニアになって、しばらくして大学職員をやったり、ニートをやったりしていた頃、たまたま今の会社でシナリオライターの募集があって。運よく拾っていただいたということで本当に偶然ですね。

小川　シナリオはそれまで書いたことはあったんですか？

渡辺　まったくなかったです。

小川　ただもう、ゲームに対する愛で応募して。

渡辺　そうです、そうです。作品に対する愛ぐらいです（笑）。

本を読み始めたのは好きな人に近付くためだった

小川　ゲームとフィクションの関係性について語り合っていきたいと思っているのですが、実はスケザネさん、先週の放送から今週の放送（23年8月6日）までの間に大変、大きな変化があったということで。

渡辺　はい。7月末をもちまして、スクウェア・エニックスというゲーム会社を退職しました。

小川　先週の放送のときもちょっと濁してはいたんですけれども……。スケザネさんはシナリオライターとして活動しつつ、書評家として最近、知名度が上がっており、『物語のカギ「読む」が10倍楽しくなる38のヒント』という著書もお出しになっていて。さらに「文学系チャンネル【スケザネ図書館】」ではYouTuberとしても活動されています。でも、実は高校生の頃まで本を読まなかったそうですね。何がいったい、そのとき起きたんですかね。

渡辺 それまでは僕、テニスと「ドラクエ」しかしてなかったんですよ。

小川 テニスと「ドラクエ」。

渡辺 僕、小学校から男子校だったんです。で、高校1年生のとき、ひとりの女の子と出会ってしまったんですね。15、6年ぐらいずっと男子校にいたやつが、女の子に出会うと、身を滅ぼすんです。もう大好きになっちゃって。ところがこの子、後に東京大学理Ⅲに現役で入ってしまうような子で。

小川 とんでもなく頭がいい女の子を好きになってしまったと。

渡辺　そうなんです。で、話が合わないんですよね。何しろ僕はそれまで、テニスと「ドラクエ」しかしていなかったので。スライムがどうとか、メラゾーマがどうとかには詳しいんですけど、向こうは芥川龍之介がどうとか、化学がどうとか言ってくるので話が合わないんです。さすがにそこは僕も15歳だったので、馬鹿正直にバリバリ勉強したり、ちょっと本を読んで、その子に合わせて、なんとか勉強していこうって思っていたら、むしろそっちにハマっていっちゃったんです。

小川　僕と逆なのが面白いですね。

渡辺　おお。どういうことですか？

小川　僕は高校時代、本を読んでいるとモテないから、隠れキリシタンみたいに、こっそりと本を読んでいたんですよ。今は時代が変わって、オタクっぽいというのは必ずしも悪口ではなくなったんですけど、僕の高校時代は、そういう文化的な弱みのような部分を出すと、タイプ的に存在を消されるみたいな感じだったので。

渡辺　めちゃくちゃわかります。

小川　だから本を読んでいるってなかなか公言できなくて。それでそこから、スケザネさんは本を読むようになって、大学生のときはたくさん読んだ？

渡辺　そうですね。文学部に進学したので読んでいました。

ゲームシナリオで培ってきた逆算の発想

小川　スケザネさんの強みって、ご自身でシナリオの仕事をしていることにあるのかなと僕は思っていて。自分で作ってみないとわからない、やってみないとわからないところに書評とか、作品の〝読み〟みたいなものが届いているのがすごいなって思ったんです。シナリオを書いたことによって、本を読むときの理解度が変わったということはあると思いますか？

渡辺　めちゃくちゃあります。特にゲームのシナリオは大人数で作るし、そこから絵を発注したり、プログラマーさんにお願いしたり、いろんな人たちとやりとりをしないといけないので、システマチックに進めていくんですね。具体的にいうと、最初に「このシナリオでは何を達成させたいか」ということをわりと明確にするんです。この話ではこういうアイテムを手に入れます、こういう呪文を覚えますというゲーム的な目的と、もうひとつは感動させたいとか、このゲームでプレイヤーを笑顔にさせたいみたいな現実的な目的という、2つの面での目的を明確にする。で、この目的だったら、現実として成り立つし、ゲームの中でも立ち位置がしっかりするよねということを合意したうえで、そこから逆算してどういうお話にするか、話の最初にはこういう登場人物を出そうみたいな逆算の思考を中心に物語を作っていくのが、多くのゲームシナリオの作り方だと思うんです。すると本を読むときも、作家さんは何を最初にやりたかったのか、ここで感動させたかったのかな?ということを考えるようになるんです。小説家の場合、ゲームとは違うので、目的は作ってないと思うんですけど、書評をするにあたり、ここが勘所だなとか、ここがポイントだなというのは絶対にあると思うんですね。作者が意図しているかいないかは別として、作品としてのコアポイントというものがあると思うので、まずそこを捕まえる。紹介する側としては、そこを紹介するために、同じく逆算の発想で書評や本の紹介を組み立てていく。読むとしても、紹介するとしても、コアを捕まえてから逆算するという、シナリオを作るときの発想法が生きているというのが自分なりに思うところです。

小川　小説作品って、自分で見つけた読み筋、つまりポイントを構成するパーツを集めようとして読み始めると全然違った体験ができるんですよね。普通の読書は作者が連れて行こうとしていく地点に乗っかっていくだけなんですけど、書評を書こうとか、こういう筋で小説を読んでみようと決めて読むときって、作者が連れて行こうとする場所とは違う、自分の目指している行きたい場所みたいなのを意識しながら読むことができて、まったく違った読書体験ができるということは僕もすごく思います。小説を書くとき、スケザネさんの言うような「コアポイント」を意識している作家の方が多いと思います。お話を成り立たせるためには、このシーン、この段落、この場面でこういう情報を出さなきゃいけないとか、この場面は文章の美しさ、情景の美しさなどでとにかく読み続けてもらおうとか、伝えなきゃいけないことをどれだけ明確に表現するかとか、どれだけ読者に明かすかとか、やっぱり考えて書いている感じはします。ゲームに置き換えていうならば、そのシーンで達成できること、つまりこの呪文をこのシーンで覚えさせるんだ、プラス感動させるんだ、プラスこの人物を後で出すためにここで紹介しておくんだとか、ひとつのシーンの役割が増えれば増えるほど、物語としての厚みが増すと僕は思うんですよね。

渡辺　なるほど。だから説明のための説明みたいな。役割が1個しかないのって、ただ説明してるだけだなって思っちゃいますもんね。

小川　そう！　だから新しく覚える呪文の効果を「説明されて覚えました」と捉えるんじゃなくて、話の中でそれがどういう効果があるのかというのを理解してもらえるように、別の人物のエピソードも出しながら、かつ感動させ、驚きを持たせ、ひとつのシーンにどれだけいろんな、もっというと、ひとつの文章にどれだけの意味を持たせられるのかというのが、僕は小説の強度に繋がるのかなと思ったりします。

渡辺　確かにひとつのシーンに複数の意味を持たせるっていうのはすごく大事ですよね。特にゲームの場合は序盤ですね。操作も覚えさせないといけない、お話的にどうなっているかも教えないといけない、キャラクターがどうなっているとか、そういったいろいろな情報を入れなければいけない。最近のゲームだと、オープニングで主人公のキャラクターとパートナー的なキャラクターが歩いていて、実際に操作をしながら、そのキャラクターがいろいろ喋ってくれて、ちょっと操作のチュートリアル説明も入りながら物語が進んでいく。1個のことをやっているんだけれど、自然といくつもの情報を入れるようにするっていうのは最近の、特にチュートリアルではすごく必要なことで。それは単純にプレイヤーを楽しませるという以上に、もう1個大事な理由があるんです。体験版を付けるゲームというのが最近増えているんですけど、これは30分、1時間で飽きられたら終わりなんですよ。なのでここにはグイグイ詰め込み、あっという間にやらせて、「えー！　もう1時間経っちゃった？　続きやりたい！」とか、「どうなるんだろう？」と気にならせないといけないので、この最初の30分とか1時間はあえてある程度、独立させて作っているんです。いかにひとつのことをやらせながら、いくつもの要素、意味を入れ、先が気になるように作るかというのは購入に直結するので、めちゃくちゃ大事だったりします。

小川　これはね、小説もまったく同じなんです。

渡辺　そうなんですか？

小川　僕は小説も冒頭の役割が7割ぐらいだと思いますね。本屋さんでちょっと立ち読みして、最初だけ読んで買うのを決める人もいるし、そういう意味で冒頭が重要なのは言うまでもないんですけれど、それと共に最初のシーンって全体を規定するんです。この小説という建物が建つうえで全部の基礎になる。最初のシーンで「この小説はこういうものですよ」というのが決まっちゃうんです。そこからは結構、変えられないものがあるので、冒頭によって、後半にできることっていうのが制限されちゃうんですよね。小説もゲームとはちょっと違った意味で、冒頭が重要なのかなって気がしますね。

〈小説家〉

千早 茜

直木賞同期のこれまでとこれから

千早茜
（ちはや・あかね）

1979年、北海道生まれ。2008年『魚神』で第21回小説すばる新人賞を受賞しデビュー。翌年、同作にて第37回泉鏡花文学賞を受賞。13年『あとかた』で第20回島清恋愛文学賞、21年『透明な夜の香り』で第6回渡辺淳一文学賞、23年『しろがねの葉』で第168回直木賞を受賞。『ひきなみ』『赤い月の香り』『マリエ』『グリフィスの傷』『雷と走る』、食エッセイ「わるい食べもの」シリーズなど著書多数。

【放送時のプレイリスト】

『Same Ol'』The Heavy
『ライナー』リーガルリリー
『Eyes Closed』Ed Sheeran
『もくまおう』Cocco

世界で唯一の〝同期〟から仕掛けられたプロレス

小川　作家としては先輩ですが、千早さんは第168回直木賞を一緒に受賞した〝同期〟です。

千早　そうですね、世界で唯一の同期といってもいいかもしれない。その直木賞贈呈式の会見の際、小川さんが私に仕掛けたプロレスがありましたよね。

小川　受賞の言葉をいろんなメディアに何個も書けと言われ、〝むかつくなぁ〟みたいなことを、千早さんが控室で言っていたのを聞きつけて、僕がそれを会見でバラしちゃったという。

千早　あのときは〝えーっ！　びっくり！〟と思ったんですけれど、後で各社の編集さんが焦ってフォローを入れてくださって、〝あれは小川さんのプロレスですよ〟って。

小川　最近、僕、記者会見のとき、何を喋るか決めないようにしているんです。〝ヤバくなったらこの話をする〟という保険を1個だけポケットに入れて。

千早　でも、私より長く喋っていませんでした？

小川　そうですね。なんか長くなっちゃいましたね。

千早　会場に向かうエレベーターの中で、〝僕の挨拶、秒で終わりますから〟と小川さんが言っていたので、〝じゃあ、私の順番すぐ来るな〟って思っていたんですけど、ちゃんと長く話しているなって安心していたら裏切られました。

小川　自分の会見史上、あのとき一番、ウケが良かったので、ちょっと気持ち良くなっていろいろ喋っちゃったんです。その節は本当に失礼いたしました！　何も考えずに壇上に立ち、さてどうしよう？と思っていたら、そういえば、千早さんがさっき面白いことを言っていたなと。

千早　結果、面白かったですけどね。

小川　直木賞受賞後はいろいろと忙しかったですよね。新しい作品の企画を立てるときって、真っ白なスケジュールが必要じゃないですか。それもなかなかに難しかったですよね。

千早　そうですね。３日間空けておいても、１日しか執筆できないときもありました。

小川　インタビューなどの予定が入っていても、その他の時間は小説の仕事ができるよね、というのは理論上あるんだけど、作家モードに入りづらいというかね。

千早　小川さんはスイッチの切り替えが上手いのかなと思っていました。

小川　自分では上手いと思っていたんですけど、受賞後は、全然切り替えられていなかった。

千早　私は小説家になって10年以上経っているので、自分が切り替えられないことをよくわかっているんです。人と会いながら小説を書くのは無理だと。だから直木賞を取った後も、この１週間は取材の予定を入れないでくださいとか、連絡をしないでください、ということを担当編集者にお願いしていました。小川さんは受賞後のエッセイやスピーチの中で、自由というものを大事にしたいとおっしゃっていましたよね。〝自由〟はどうなりました？

小川　自分ひとりで好きなときに自由にやるのが作家だ、ということは今も変わらず思っているんですけど、直木賞という賞自体が責任を伴う賞というのか、お前はもう、出版業界のインフラをただ好きに使うだけじゃダメだぞ、と言われている感じはちょっとしています。

本当の美を示してくれたのは坂口安吾

小川　千早さんと本の関わり、小説家を志した理由についても伺いたいのですが、小さい頃から本をよく読む子どもでしたか？

千早　そうですね。うちは母親が国語の教師だったので。

小川　どういう本を読んでいたんですか？

千早　海外にいたので母親が選んだ古典が多かったですね。マンガ版の古典があるんです。それこそ『古事記』から江戸期のものまで。マンガを読んでから活字の方に入ると、とてもわかりやすいんです。よく、浄瑠璃の心中物を読んでいましたね。小学1年生が何をしてるんだっていう（笑）。

小川　小学生だと、心中物はなかなか理解できないですよね。

千早　理解はできないけれど、印象には残るんですよ。〝大人が真剣に何してるんだろう？〟って。大人になって浄瑠璃を読み、文楽を観に行ってやっとわかるようになった、という感じは面白かったですね。

小川　最初に〝この人、好き！〟となった作家は誰ですか？

千早　〝わ――――！　この人、好き！〟となったのは、坂口安吾ですね。

小川　お――――！　僕ね、坂口安吾の研究をしてたんですよ。

千早　え――！　読みたい、読みたい。その論文、どこかにないですか？

小川　いや、僕の家にありますけど。ちなみに安吾作品で一番といったらなんですか？

千早　え――。難しいなぁ。

小川　じゃあ、3作だったらいけます？　僕は『夜長姫と耳男』『桜の森の満開の下』『白痴』。

千早　どれも、めっちゃ好きです。特に『夜長姫と耳男』はもう好きすぎて。

小川　あれ、最高ですよね。あれを読んで、〝いや、愛ってこういうことだよな〟と思いました。安吾ってすごくドライな人じゃないですか。実は熱いんだけど、作品ではあまりネチネチ書かない。

千早　私は夜長姫の持つ無垢性というか、少女性というのか、あれにすごく惹かれるんです。

小川　ちょっと残虐さのある。

千早　そうですね。あれが本当の美だなと思っていた時期があって。『魚神』とかは、結構影響を受けていますね。

小川　僕は太宰も好きなんです。

千早　太宰は嫌い（笑）。

小川　そうなんですね（笑）。安吾って、全集読んだからわかるんですけど、個人的にははずれの小説も多いんですよ。

千早　って、よく言われますよね。だから私、怖くて全部読めないんです。

小川　でも面白い作品の面白さみたいなのはすごいんですよね。太宰も全集を読んだんですけど、全部面白いんですよね、太宰って。

千早　私は太宰の、そつの無さがすごく嫌いなんですよ。

小川　太宰はすごくピュアだけど、安吾はすごくひねくれている。美しさというものを語るときでも、俺はドライアイス工場に美を見つけるんだ、「必要」こそが美を生むみたいなことを言ったり。そういうちょっとひねくれた視点の高いところもあって。そこも太宰と違う。

千早　お話を聞いていると、安吾好きでも、『堕落論』をはじめとする〝論〟の方ではなく、小説が好き、というところに、小川さんはやっぱり小説好きなんだなと思いました。

決めていた29歳デビュー。そこまでは〝諦め〟に必要な時期だった

小川　千早さんはいつ頃から文章を書き始めたんですか？

千早　母親の影響で、日記を2歳ぐらいから書かせられていたんです。

小川　え！　2歳から!?

千早　今日、何があったのか、ということを母に話して。その頃はまだ口述ですね。でも5歳の頃には文字を書けるようになっていたので、そこからは自分で書いて毎日提出。で、赤ペンが入って返ってくる。それが普通だと思っていたので厳しいとも思わず、いまだに日記は書いています。もう提出はしていませんが。日記を書かないと、一日が把握できないんです。言語化しないと、昨日と今日の区別がだんだんつかなくなってくるんですよ。

小川　僕は昨日と今日の区別、いつもついていません……。みっちり書いてるんですか？　毎日。

千早　好きに書いていると、大量に書いてしまうので、今は6行とか5行とかに決めて。

小川　どのくらいの頃から、小説家になりたいと思っていたんですか？

千早　学生のとき、映画を作っている友達にストーリーを提供していて、そのときぐらいに。

小川　ちょっと自信があった？

千早　自信というか、自分は物語を書けるんだ、という発見はありました。でも、それに価値があるかどうかは社会が決めることじゃないですか。だから自分は書ける分には書ける、ということだけ。

小川　大学卒業後は、どういうお仕事をされていたんですか？

千早　いろいろな職種を2つ3つ掛け持ちしていました。その間も、ずっと小説は書いていました。29歳で小説家デビュー、というのは決めていたので。

小川　〝29歳〟というのは、何か根拠があったんですか？

千早　一時期、恥ずかしくて言えなかったんですけど、村上春樹さんが29歳のとき、神宮球場で小説家になろうと決めてデビュー作を書かれているじゃないですか……。

小川　『風の歌を聴け』ですね。

千早　そのエピソードを大学時代に読み、私もそうしよう、と思って。

小川　じゃあ29歳になるまで、あえてチャレンジをしなかったんですね。

千早　はい。小説はずっと書いていたけれど、賞に応募しなかったんです。

小川　自分が小説家になるのは29歳で、と。

千早　そう。29歳で。1回だけ賞に応募して、と。

小川　僕は27歳で応募したんです。最初の本が出たのは28歳ですが、結果的に20代後半から30代前半ぐらいのデビューって、僕は理想的だと思っていて。なぜなら小説って知らない人に読まれ、心ないことも言われたりするじゃないですか。そういうことに対する心の準備は大人にならないとできないなと。28歳も未熟ではあると思うんですけど、小説を書いて生活していく、ということを自分の中に受け入れるための年齢として、僕にとってはちょうど良かったなと。

千早　ある程度の客観視は、私もすごく大事だと思っています。私にとって、29歳までが諦めの時期だったんです。自分は真っ当な社会人にはなれない、他の職種で生きていける見込みがない、ということを諦めるのに大事な期間だったかなと思います。

〝あー、悔しいー!〟と思った『地図と拳』の一文

小川　直木賞受賞作『しろがねの葉』は戦国時代の石見銀山、僕の『地図と拳』は近現代の満州が舞台。どちらも歴史を扱った小説で。千早さんにとっては初めての歴史小説でしたね。

千早　私は小説をあまりジャンルで考えないんです。書きたいものを書くには歴史小説の形を取った方がいいのかなと選んだだけで、自分では、歴史小説ではないと思っています。

小川　別に歴史小説を書こうと思って書いているわけではないですよね。ただ、現代小説を書くときとは違うことをしなくてはいけない、というテクニカルな問題が出てきますよね。千早さんは隅々まで言葉選びに気を配るタイプの作家ですが、『しろがねの葉』は本当に、言葉遣いに気をつけて書かれていて。そもそも戦国時代にない言葉は使っちゃいけないしね。

千早　そうなんです。石見地方の娼婦の言葉は最後まで直しましたね。最初「ありんす言葉」みたいなものを使っていたんですけど、この時点でこの地域まで、都の言葉は入ってき

ていないだろうと考え、若干、関西の言葉を交ぜたりしました。でも開き直って言うと、この時代を知ってる人なんかいないんだから好きに書いていいんですよね。それは小川さんの作品を読んでいつも思うこと。こんなことしちゃってもよかったんだ、とか。

小川　そうですね。僕はわりと、好き勝手に書いたところが面白かったと言ってくれる人が多くて。歴史ものとはいえど、こうしなくてはいけないという型にハマっちゃうと、小説として窮屈になっちゃうのかなというのはありましたね。

千早　『地図と拳』の最初の方に、遺体にかけられた小便が黄色く凍っているっていう一文がありますよね。遺体に尿をかけるっていうことの、人を人と思わない行為、それが凍ってしまう。その環境の厳しさが相まって、憎しみ、軽視が浮き上がってくる。こういうものって言葉を尽くさなくてもいいんだ、という衝撃を、私はあの一文から受けたんです。そして〝あー、悔しいー！〟って思いました。

小川　あれは書いていたときも、手応えを感じていた一文でした。ひとつの言葉にいろんなニュアンス、より多くの意味合いを込められるというのは、小説家としてやっぱり気持ちいいですよね。

千早　小川さんにすすめられた、ジョン・ウィリアムズの『ストーナー』を今、読んでいるんですけど、文章が良すぎて全然進まなくて。

小川　めちゃくちゃいいですよね。

千早　なんてことのない普通の人の人生。すごく静謐なんだけど、でも熱いみたいな。

小川　毎ページ、盗みたくなる文章なんですよね。あそこまで書けたら、きっと満足するだろうなというぐらいすべての描写も完璧。本当に地味な男の、生まれてから死ぬまでが書いてあるだけの小説なんですけど、あれは僕、本当に超、超、好きな小説で。

千早　ああいうのができるようになったらいいですよね。でも、やっぱり何か、事件とか起こしちゃうんですよね。

小川　文章やスタイルだけで勝負できるという自信がないから、読者を退屈させないよう、気を使ってしまうんですよね。なかなかストロングスタイルでいけない。

千早　起承転結つけちゃうとか、オチをつけちゃうとか。『ストーナー』は理想の一作ですね。

一作、一作に設けている自分への課題

小川　直木賞受賞後第一作として『赤い月の香り』が刊行されましたが、こちらは２０２０年の『透明な夜の香り』に続く作品。人の欲望を香りに変える天才調香師・小川朔と周りの人々との物語で、彼は絶対嗅覚を持っている。匂いを嗅いだだけでその人が何をしていたか、どこにいたかもわかる。続編を書こうというのは、『透明な夜の香り』のときからあったんですか？

千早　なかったですね。基本的に続編は書かないと決めていたんです。でも『透明な夜の香り』が発売後即重版みたいな勢いがあり、渡辺淳一文学賞もいただいて。そこで続編を、と編集者に言われたのですが断っていたんです。あの一作で自分がやれることはすべてやったから、と。私は小説を書くとき、一作、一作に自分の課題を設け、それを克服するために書いているので。その課題はもうクリアしたからと。

小川　ちなみに『透明な夜の香り』で設けたのは、どういう課題だったんですか？

千早　まったく人の役に立たない天才を書くということと、香りの描写、目に見えないものを文字で伝えたいと思ったんです。あとは形式ですね。エンタメをやろうと思ったので、ドラマっぽい形式、1話完結で、その1話の中に犯人探しのような謎解きがあり、さらに最初から最後まで通したひとつの大きなミステリーがあるみたいな王道の形式を克服する、という課題がありました。そういうものへの取り組みは終わっているから、やりたくないと言ったら、〝続編を書くという課題もありますよ〟と言われ、確かにそれは、私にとって初の課題になるな、と。さらに、読者の期待に応えるのか、裏切るのか。その塩梅に挑戦するという課題もありますよと言われて。確かに理論上はそうだよなと思って書くことにしたんです。でも『赤い月の香り』では、主人公は変えました。

小川　語り手、視点人物が変わっている。だけど当然、前作の視点人物も出さなくちゃいけない。その人がちらっと出てきて、結構重要な役割を持っていたりするんですけど、まるでお手本のような1話完結かつ連作のエンタメ。千早さん、こういうの書くんだ！と驚いたんです。チャレンジをされたんだなと思いました。

千早　形式への挑戦はかなりしています。連作とか3部作とか、形式マニアなところがあるので。

小川　目や耳から入る情報は小説の中でよく使われるものだけど、この小説では匂いという形の見えないものが、記憶やその人のいろんな過去みたいなものを喚起させ、話の方向を進めていく。〝ああ、巧いな！〟って思いましたね。しかもこの小川朔という人物がちょっと常軌を逸した調香師で。お仕事小説だと思って読んだら、全然お仕事小説じゃなかった。

千早　変態小説ですね。小川朔が結構変態なので。

小川　小川朔の推理、異常性はすごい面白かったけど、友達でこういうやついたら嫌だなって。

千早　え、そうですか？

小川　だって、〝お前、ファストフード店の油の匂いがする〟って言うやつですよ。面倒くさいじゃないですか。〝なんか変な安いもの食っただろ〟みたいな。

千早　私はこういう人好きなんですよ。こっちが策を弄しても、絶対に敵わないじゃないですか。だからある意味、こちらも開き直ってそのままでいられる。

小川　人間の恥ずかしいこと、嫌なところが、匂いによってどんどん明らかにされていく。そして特に、『赤い月の香り』は、家族というものに焦点が当てられていますね。

千早　書きながら執着というものを突き詰めていったんです。私は結構、突き詰めていく小説が多いんですけれど、執着と愛着の違いは？ということに、この一作の中で行き着いた。みんなが愛だと思っているものでも、そこには加害性が含まれていないか？という疑問があったんです。親子関係や友情の中にも加害性ってあるじゃないですか。ちょっとしたことでもされる側とする側では意識が違うから。前作は静謐な感じだったのですが、2作目はちょっと暴力の香りがします。

小川　『透明な夜の香り』『赤い月の香り』ときて、読者の方々からは熱烈に続編が望まれているそうですね。〝もしも〟ですが、書くとしたら3作目の構想は？

千早　小川さんだったらどうします？

小川　何らかの挑戦をするのなら、シリーズ最終巻みたいな銘打ちで、小川朔が住む洋館すべてに決着をつけたり、重要人物達の過去に決着をつけるようなものとして書くか。あるいはもう、死ぬまでこのシリーズを続けていくつもりで、巨大組織の影みたいなのを出すか。

千早　小川さん、それ、やりそう（笑）。

小川　小川朔に対抗して、音だけですべてわかるやつとか、五感の神様みたいなのが出てきたり。

千早　なんか、ハリウッド映画みたいな話になってきましたね（笑）。

〈小説家〉
逢坂冬馬

戦争を描き、そして「他者」を考える

逢坂冬馬
（あいさか・とうま）

1985年、埼玉県生まれ。小説家。明治学院大学国際学部国際学科卒。第11回アガサ・クリスティー賞に応募した『同志少女よ、敵を撃て』が選考委員全員が最高得点を付ける満場一致で大賞を受賞し、デビュー。同作は2022年本屋大賞を受賞、第166回直木賞の候補にもなり50万部超えのベストセラーになる（電子版含む）。近著は『歌われなかった海賊へ』。

【放送時のプレイリスト】

『Amazing』Ed Sheeran
『Change』Alborg
『Feeling The Sunlight』Ringo Starr
『Daydream Believer』原田知世

戦闘ではなく、市民側の悪と戦争を描きたかった

小川　逢坂さんと僕はわりと共通点が多いですよね。1学年差の同年代、デビューは同じ早川書房、そしてお互い戦時中の海外を舞台にした小説を書いている。作家歴は微妙に僕の方が先輩ですが、デビュー作にして本屋大賞受賞作となった『同志少女よ、敵を撃て』で一瞬にして僕を抜き去っていかれました（笑）。

逢坂　そんなことはないですが、よろしくお願いします。

小川　『同志少女よ、敵を撃て』は第二次世界大戦中の独ソ戦のさなか、ソ連側の狙撃手となった女性兵士の物語でした。２０２２年のベストセラーになった素晴らしい小説ですが、2作目『歌われなかった海賊へ』では第二次大戦下のドイツでナチ政権に反抗する少年少女の冒険が描かれています。この着想はどこから？

逢坂　デビュー作はありがたいことに多くの人にお読みいただけたのですが、その後にロシアによるウクライナ侵攻という恐ろしい事態が起きたことで、小説の受容のされ方も変化

しました。そう感じたとき、「自分は前作で果たして戦争を語れたのだろうか？・」と疑問が湧いてきたんです。前作で「戦闘」という戦争の一局面は描いたかもしれない。ただ、戦争は戦場だけで完結するものではない。市民の側にも描くべき戦争があるのでは、と考えたのが執筆のきっかけです。ドイツはあの戦争でホロコーストという大きな残虐行為を実行しています。そのとき、市民の側にはその悪に加担する人たちもいれば、拒絶し反抗する人たちもいた。そうした異なる側面からナチ・ドイツと闘わざるを得なかった人たちを描くことで、前作では語りきれなかった戦争の別の側面が浮かび上がるだろう、と考えました。

小川　『同志少女よ、敵を撃て』はタイトル通りに敵と味方が明確に分かれているので、読者も物語に入りやすかった。対して、『歌われなかった海賊へ』には敵と味方の間にいる人たちがたくさん出てきますよね。一見すると味方だけど間違っている部分を持つ相手もいれば、敵なのにわかり合える部分があったりする。敵・味方をはっきり分けて描くより、そのグラデーションにあるものを描くことの方が絶対に難易度は高かったはずです。でも結果として見事なエンターテインメントに仕上がっている。素晴らしいです。『歌われなかった海賊へ』は、『同志少女よ、敵を撃て』のある種の自己批判であり、かつアンサーにもなっている。セットで読むことで戦争がより多面的に、より多層なレベルで理解できるように感じられます。

逢坂 そこまで読み取っていただけると本当に嬉しいです。敵・味方という構図そのものを疑ってかかることから、戦争を捉え直していく。そこから生まれる発見もあるんじゃないかなと思っているので。

小川 今現在（2023年10月22日時点）もイスラエル軍によるガザ地区への攻撃は続いています。戦場で戦っているわけではないけれども、その事実を知っている僕らは誰もが大なり小なり戦争に加担しているとも言える。『歌われなかった海賊へ』では、ナチスに反発し自由を標榜するエーデルヴァイス海賊団の少年少女の姿を通して、そうした欺瞞が暴かれていますね。逢坂さんは前作で苦しみながらも戦争をエンターテインメントに昇華させましたが、2作目では「僕」や「あなた」のように、その人なりのやり方で戦争に加担している人々が描かれています。

逢坂 まさにその通りです。結局、あらゆる行為は経済活動として市民社会に還元されてしまうし、国家規模ならなおさらそうなりますよね。その構造は第二次大戦の頃からずっと変わっていない。結局、国家がなす最悪の事業活動が戦争だとしたならば、大人はどうしたってその事実を受け止めて生活を成り立たせなければならない。でも10代の青少年であれば別です。経済活動の立場から自分を見なくてもいいし、国策としての戦争、あるいは経済活動としての虐殺にのみ込まれていくことを少年少女であれば拒絶できる。書くことで自分にどことなく掣肘（せいちゅう）を加えるような、そんな作品にしたかったという思いがあります。

最悪のインターネット描写が上手い理由は他者への興味

小川　『歌われなかった海賊へ』は、甲南大学教授の田野大輔さんが監修を担当されていますね。どういったやりとりがありましたか？

逢坂　田野先生はドイツ現代史やナチズム研究がご専門ですから、事実関係の間違いがないかの考証をお願いしました。細部を指摘してもらったおかげで、全体の主題が強化された実感があります。

小川　田野先生といえば、ＳＮＳでのレスバトルを発端に生まれた『検証　ナチスは「良いこと」もしたのか？』が話題になりましたね。

逢坂　『検証　ナチスは「良いこと」もしたのか？』と『歌われなかった海賊へ』は、アプローチは対照的ですし、学術と小説で分野も違いますが、言わんとしていることは近い部分もあると僕は思っています。とてつもなく邪悪な虐殺行為がされていた一方で、「良いこと」のようにも思える成果物らしきものが生まれることがある。だからこそ、恐ろしい。

小川　なるほど。田野先生はナチスの邪悪な行為を相対主義的に見たうえで、「良いこと」と思われがちな政策のすべてを論理的にそうではないと反論していますよね。一方で、逢坂さんは戦争の悪とはもう少し別の種類の悪、出自や属性で他者を差別する悪も含めたものを描こうとしているように僕には感じられました。

逢坂　小川さんも連作短編集『君が手にするはずだった黄金について』で、そのテーマについて触れられていますよね。

小川　そうですね。あの短編集は『地図と拳』を執筆中に並行して書いていた短編を集めたものです。『地図と拳』は日露戦争から第二次大戦までを舞台にしていますが、『歌われなかった海賊へ』と同じく射程は現代であり、「他者」がテーマのひとつとも言えるかもしれません。

逢坂 ある種の尺度をもって他人を判断すること、あるいは属性で他人を判断する意味や虚構性を突き詰めていくと自分に還元されていく。ひいては小説家の虚構性に行き着く。そこが深く掘り下げられているのが『君が手にするはずだった黄金について』の面白さだと思います。小説家と一般の読者では、読み筋がおそらく異なるのではないかと思いながらも、僕はすごく楽しみながら読みました。それと、『君のクイズ』からずっと思っていましたが、小川さんって最悪なインターネットの描写が本当に上手いですよね。特定の個人に執着するアンチの群れの心理とか、上っ面のバズを狙ってくるポストの嫌な特徴とか。

小川 僕や逢坂さん、それから外国を舞台にした作品を書く人はみんなそうだと思うんですけど、「他者」への興味が強いですよね。なぜこの人はこうしたのか、なぜこの国とあの国で戦争が起きたのか、誰が反乱を起こしたのか……。そういった歴史の文脈を調べて書く、その行為自体が自分なりに整理されていく過程でもある。

逢坂　その通りですね。

小川　僕は普段からその感覚を、現代社会にいる他者に対しても持っているんです。というか、その運動自体が小説になるとも思っている。未来の宇宙人であろうと遠い異国に住む現代人であろうと、対象がなんであれ他者を理解しようとする試み、その運動から小説が生まれている部分は自分にはあるかもしれない。おそらく逢坂さんも同じではないでしょうか。

小説よりも先にジョン・ダワーに熱中した

小川　逢坂さんの読書遍歴についてもお聞きしたいです。

逢坂　幼少期から本を貪り読んでいた、というタイプではまったくありませんでした。ただ、膨大な一般書の他にも、古文書なども山のように置かれてある家だったので、そういう空間で育ったことで他者や歴史への興味が芽生えたところはあるかもしれません。子どもの頃から小学館版の「学習まんが 日本の歴史」シリーズに夢中になっていた記憶があります。その後、高校生になってからは新聞を隈なく読むようになり、岩波ジュニア新書で世の中のことを学びました。小説を読むようになったのは大学生になってから。大学図書館で勉強のための資料を読むようになり、いろんな棚を歩いているうちに目に入った小説も読むようになった、という流れです。

小川　最初にハマった小説家は誰でしたか？

逢坂　それが小説家ではなくて、アメリカの歴史学者、ジョン・ダワーさんなんです。第二次大戦後の日本を分析した代表作『敗北を抱きしめて』が本当に面白くて繰り返し読みましたし、『容赦なき戦争』『吉田茂とその時代』など彼の他の著作もたくさん追いかけました。真面目なのに、ウィットに富んだ文章がたまに挟み込まれているところがすごく好きですね。

小川　皮肉というかユーモアのさじ加減が？

逢坂　そうです。たとえば、日本の占領政策を主導したマッカーサーが日本を離れる際に、「二〇〇万人が沿道で別れを惜しんだ」とマッカーサー自身は述べているんですね。でもジョン・ダワーは「警視庁の見積もりによると、沿道で見送ったのは約二〇万人であったが、マッカーサーはものごとをほぼ一〇倍に誇張する傾向があったから、なかなか数字の辻褄はあっているように思われる」といった、ふふっと笑える文章がたまに出てくるところが面白い。

小川　なるほど。他に作家として影響を受けた人はいますか？

逢坂　月村了衛さんは自分の中では師匠のような位置付けです。冒険小説の醍醐味である戦闘シーンをエンターテインメントでどう見せるか、戦闘を通じて読者の興味関心をどう引き付けていくか、孤独とテロリズムの親和性、テーマ性を必ず提示していくことなど、あらゆる部分で大いに影響を受けています。現代日本で冒険小説というジャンルを書く作家はあまり多くないと月村先生自身もおっしゃっていますが、できればその系譜を受け継いでいきたいと思っています。

小川　逢坂さんの小説がエンターテインメント的にしっかりした骨組みができているのは、月村さんの本をたくさん読まれてきた影響もありそうですね。逢坂作品のキャラクターの書き分けの巧さ、短いエピソードで各キャラの印象を強烈に残す技法などは、確かに月村さんと共通するものを感じますね。

逢坂　やっぱり読者の関心をドラマチックに引き付けないと提示するテーマまで行き着いてもらえないので、キャラの掴みやすさは意識しています。ただ、それをやると必ず「アニメっぽい」と批判されてしまう。キャラクターをわかりやすく提示してエンターテインメントとして完成度を高めようとすると「アニメっぽい」と言われてしまうことは、構造的に今の日本の文芸界のヤバさの表れだと思うのですが……。

作家デビューは早ければいいとは限らない

小川　でも逢坂さんは、そういった声に逆に冷水をかけるようなことを『歌われなかった海賊へ』で試みていますよね。「ああ、こういうアニメ的なキャラね」と思わせて実は仕掛けがある、という。「逢坂さんも闘っているんだな」と感じましたし、僕も前作の感想や批判を毎回自分なりに咀嚼して、なんとか乗り越えながら前へ進むモチベーションに変えてきたので、そこは作家として共感します。ところで、逢坂さんの実姉であるロシア文学者の奈倉有里さんとの共著『文学キョーダイ!!』では、わりと赤裸々にいろんなことを語られていますよね。

逢坂　それを小川さんに言われる日が来るとは思わなかった（笑）。

小川　いやいや。『文学キョーダイ!!』では作家になるまでの過程についても書かれていますが、改めてここでも教えてもらえますか？　大学で小説を読むようになり、そこからどうやって作家デビューを果たしたのか。

逢坂　大学は卒業できたものの、大学院には行けなかったし、就職もできないしで、どうしようかと思って小説を書き始めてみた、というのが最初でした。その後に就職して会社員として働きながら書き続けて……という流れですが、自分は小説家になれるのかなれないのかと悩んでいた時期に、ちょうど小川さんの『ゲームの王国』を読んだんですよ。衝撃でした。一見すると自分と似た経歴なんだけど、小川さんはすべて僕の5歩先くらいを行かれている。院に進学できずに就職して応募作を書いていた僕に対して、小川さんは東大で博士課程まで進んで、『ゲームの王国』は日本SF大賞と山本周五郎賞を受賞している。しかも自分と同じく歴史を題材にした小説で。「くそー！」っていう悔しさがありましたよ。あの悔しさがなくても作家にはなれただろうと思いたいですが、その後に書いた『同志少女よ、敵を撃て』ではないデビュー作になっていたかもしれません。

小川　でも僕は僕で、小説自体がよくわからないまますぐにデビューしたせいでその後にすごく苦労したんですよ。身体がまだできあがってないのにドラフト指名されちゃって、1軍で投げたけどすぐに肩壊した、みたいな感じでしたね。当時の僕はまだ27、28歳で、蓄積が圧倒的に不足していたんです。だからいまだに苦労は続いているし、ただデビューすればいいとはまったく思っていません。それに、逢坂さんのデビュー以前に僕が出版した小説の部数を全部足しても、『同志少女よ、敵を撃て』の方が断然上ですから。もちろん、作品としての価値と部数はまったくの別物ですが、自分なりの方法論を突き詰めてしっかり骨格ができてからデビューした逢坂さんはすごいですよ。

逢坂　そう言ってもらえると嬉しいです。僕は10年くらい試行錯誤の時間があったので、デビューした次に自分が何を出すか、何を期待されるかもなんとなく察していたんですよ。予定でいえば『歌われなかった海賊へ』とはまったく違う作品を出す可能性もあったのですが、『同志少女よ、敵を撃て』の反響や反応を通じて、「ああ、これは明らかに違うな」と見えてきた部分もあって、この形になりました。でも、やっぱ経験って何ひとつ無駄にならないですよね。誰かを励ませるほど偉い人間ではまったくないですが、もしも何らかの試行錯誤の過程にある人がこれを読んでいてくれるのであれば、「どんな経験も絶対に無駄にならない」ということだけは伝えたいですね。

小川　同感です。小説を書いている時間って、プロとしてデビューしていようが、アマチュアで書いていようが、平等なんですよ。書けば書くほど技術が磨かれるし、アイデアもどんどん蓄積されていく。

逢坂　そう、やっていること自体は何も変わらないですよね。

小川　パソコンに向かって、ただただ地道に文章を書いているだけの作業ですからね。だからデビューできなくてもネガティブに落ち込まず、とにかく書き続けていく。自分が楽しみながら書いていく。それが一番大事かなと僕は思っています。

逢坂　僕は小説家としての一番の資質は、その小説を執筆しているときの自分が好きでいられるか、楽しくいられるかだと思っています。それが唯一の資質だと言ってもいいくらいに。売り上げとか世の中の評価とかは、それよりずっと後ろの方にある話に過ぎない。トライ・アンド・エラーを繰り返しながら書き続けている。それができている時点で、その人はある種の小説家なのだと思っています。

連載小説だけはどうなるか想像がつかない

小川　気が早いかもしれませんが、逢坂さんの3作目の構想についても聞いていいですか？これまでは第二次大戦が舞台でしたが、他にも長編小説で書いてみたいテーマなどはありますか？

逢坂　具体的なスケジュールはまだ決まっていませんが、次はこれでいこうという構想は一応あります。

小川　また書き下ろしですか？　連載の依頼も絶対にあるでしょう？

逢坂　いや、そのあたりも含めてまだ全然決まっていないのですが、連載はちょっとどうなるか想像がつかないんですよ。さっき試行錯誤の過程が大事なんて話しましたけど、今のところ唯一どうなるか想像がつかないのが連載小説なんです。僕の場合はプロットを組んでから長編小説を書き始めるのですが、必ず後半に予定になかった展開が起きるんですよ。自分で最初から最後までプロットを組んでいるはずなのに、必ず予想外のことが物語の中で起きてしまう。書き下ろしであれば前半をあちこち調整してなんとか辻褄が合うようにすればいいのですが、連載だとそれができませんよね？

小川 僕は連載後半になって急に知らんやつが「いや、最初からいましたけど」みたいなツラで出てくるような展開もありましたよ（笑）。

逢坂 そういえば、以前にそんな話を伺ったような気が。いつの間にか死んでいた人が、その後に現れたみたいな……。

小川 そうそう。だから雑誌の連載上では辻褄が合っていないんだけど、僕のパソコンの中では辻褄を合わせていくんです。まあ、禁忌ですよね（笑）。でも、そういうことも全部含めて連載は面白い体験ですし、長期的に作家を続けていくのであれば書き下ろし以外のやり方を試してお金をもらうことも必要じゃないかな、と僕は思っています。

〈アイドル〉

古川未鈴

（でんぱ組.inc）

〝歌って踊れるゲーマーアイドル〟の原点

古川未鈴（ふるかわ・みりん）（でんぱ組.inc）

香川県生まれ。アイドル。でんぱ組.incメンバー。キャッチフレーズは「歌って踊れるゲーマーアイドル」。コンシューマーからアーケード、ネットゲームまで幅広く網羅し、でんぱ組.incの活動以外にもゲーム関連の雑誌での執筆やゲーム番組のMC、ゲームの動画配信などを手がける。

【放送時のプレイリスト】

『最Ψ最好調!』でんぱ組.inc
『I'm Yours』Jason Mraz
『オーギュメンテッドおじいちゃん』でんぱ組.inc
『W.W.D』でんぱ組.inc

〝パートナーはマンガ家〟という共通点

小川 「でんぱ組.inc」、その前身ユニット「でんぱ組」の結成メンバーでもある古川未鈴さん、通称、みりんちゃんはメンバー最長の在籍期間ですね。

古川 かれこれ14年以上、アイドルをやっています。

小川 実はみりんちゃんと、僕が結婚した山本さほさんが仲良しで。山本さんとは昔から一緒にゲームをしていたんですか?

古川 ゲームをしたり、謎解きやゲームのイベントに行ったり、ちょいちょい一緒に遊んできました。

小川 僕とも一度ここ(TOKYO FM)で会いましたね。それも、ものすごい偶然な(笑)。

古川 小川さんとさほさんが結婚を発表された日でしたね。エレベーターの中でちょうど、さほさんの結婚発表の投稿に「おめでとうございます」って引用ポストを打っていたとき、後ろの方で「いやぁ、おめでとうございます」みたいな会話が繰り広げられていて。「すみません、もしかして小川さんですか？」と声を掛けたら、「そうです」と。まさか、ご本人がいらっしゃるなんてびっくりでした（笑）。

小川　結婚発表した日が収録の日で、隣のスタジオでみりんちゃんが収録をしていたという（笑）。みりんちゃんは、２０１９年にマンガ家の麻生周一さんとご結婚され、僕もマンガ家の山本さほさんと結婚し、お互いパートナーがマンガ家であるという共通点があるんですよね。麻生さんとはどういう経緯で知り合われたんですか？

古川　『斉木楠雄のΨ難』という麻生先生の代表作がアニメ化するとき、でんぱ組.incが主題歌を歌ったんです。実は私、『斉木楠雄のΨ難』を知らなくて。でもアニメを観たら、めちゃめちゃ面白くて、そこから原作を読み始め、もうハマってしまって。2期でも主題歌を何作か歌わせてもらうこととなり、そこで知り合ったという感じです。麻生さんも、でんぱ組.incが好きだと公言してくれていたので、巷ではオタクがアイドルと結婚したみたいなことを言われたんですけど、実はそれ、逆なところもあって。私も麻生先生の作品のオタクだったので（笑）。

小川　オタクとオタクが。

古川　そうなんです！　オタクとオタクが結婚したみたいな感じ。でも私、家で麻生さんがマンガ家として働いているところをほとんど見たことがないんです。麻生さん、ひとりじゃないと絶対仕事ができないと言っているので。恥ずかしいのか、仕事の話もあまりしてくれないですね。

小川　うちも〝互いの作品を見るのは禁止〟という法律があるんです。

古川　法律ですか。結構重めのルールですね。

小川　どっちかがルール違反みたいなことをすると、〝お前の作品、読むぞ！　読んで批評するぞ〟みたいな（笑）。

古川　批評はやだなー（笑）！

小川　普段2人でいるときに話したこととかを、作品の中で昇華したりすること、あるかもしれないじゃないですか。そういうのを作品の中で読まれると、〝ああ、あの話、こういう風に使ったんだ〟とかってなっちゃうので。

古川　私も日常を発信するタイプのアイドルなので、これを呟くと面白いだろうけど、でも麻生さんが傷つくかもしれないからやめておこうっていうことが……。

小川　いっぱいありますよね（笑）。

「マダミス」GMの活動はアイドルのそれとも通じている

小川　みりんちゃんはオンラインゲームってやりますか？

古川　元々私はMMORPG（多人数同時参加型オンラインRPG）の出身なので。ネットゲームで人生が救われたのか半壊したのか、どっちかなと思っているんですけど、MMOで知り得た〝人生とは何か〟みたいなものは、結構自分の糧になっているところがあるんです。私は「ラグナロクオンライン」をやっていたんですけど、プロンテラ南

（ルーンミッドガッツ王国の首都）に一生住んでいたい、ここを終の棲家にしてもいい！と思っていたんです。私は学校でいわゆるいじめられていたタイプだったので、ゲーム内でのチャット、文字だけの会話の居心地の良さっていうのがとんでもなく自分に刺さって。〝MMOで人生終わらせてもいい〟と本気で思ったところから、アイドルになった部分があるんです。

小川　ゲームとはそうした関わりもあったんですね。最近のみりんちゃんにとっての熱いゲームは？　マダミス（「マーダーミステリー」）のGM（ゲームマスター）にハマってるという話を山本さんから聞いたんですけど。

古川　そうなんです。もう人が変わったかのようになってしまって(笑)。誰にも連絡をとらなかった私がGMをやるとなった瞬間、〝すみません！　マダミスやりませんか？〟っていろんな人に連絡を投げまくっているっていう状況でして。

小川　「マーダーミステリー」とは、どういうゲームかというと、殺人事件が起きるんですけど、参加者たちは全員、その事件の容疑者と犯人になるんですね。そのシナリオを進めていきながら、誰が犯人かというのをみんなで話し合って見つけ出すゲームです。

TRPG（テーブルトークRPG）の要素がありつつ、その中に誰か悪さをした犯人がいる。参加者がその役を演じるというのが、このゲームの特徴かもしれないですね。

古川　プレイヤーとしてやるとすごい緊張しちゃって。はぁぁ、もう何もできない、あわわ、バレちゃう！みたいな感じになっちゃって、緊張しちゃうな〜って感じだったんですけど、GMというのがあると知り、盤面をすべて掌握したんです。

小川　GMは進行役というかね。テレビゲームでいうとPlayStation 5本体みたいな役割ですよね。

古川　そうですね。GMだったら、もっと楽しめるかもしれないと思って、ちょっと勉強してやってみたら、これがもう面白くって。GMという役を与えられた瞬間、誰とでも対等に話せるみたいな気持ちになって。あんなにマゴマゴして人と喋れなかった私が〝いや、●●さん、ここはこうであて、こうした方が良いかもですね〟みたいに、やたら流暢に喋り出すという、その感じが面白くて。GMの私は水を得た魚のようで、本当に活きが良いんです。

小川　ロールプレイをするのは難しいけど、進行するんだったらいけるぞっていうことですね。でもGMをやりたいってことは、プレイヤーをかき集めないといけないですよね。

古川　そこがGMとして一番難しい問題で。ゲームが5時間ぐらいかかっちゃうので、プレイヤー5人の5時間を奪うってなかなか緊張して。でもここで楽しんでもらいたいっていう気持ちが、すごいあるんですよ。〝ここで楽しんでもらえるのが私の喜び〟みたいなところがあって。そこはちょっと、アイドルと通じているなって思っているんです。

〝めっちゃいい人生、送ってっからな！〟がアイドルとしての志だった

小川　08年にでんぱ組の最初のメンバーになったというか、みりんちゃんは結成メンバーだったわけですが、どういうきっかけで？

古川　秋葉原ディアステージというライブが観られるお店があるんですけれど、私はそこで、憧れていたモーニング娘。とかSPEEDみたいな、ああいうユニットのアイドルをやりたいっていうのをずっと口にしていたんです。ただ当時、そういうアイドルになりたいという文化より、アニソンを歌いたい文化の方が強かったんです。〝水樹奈々さんみ

たいになりたい〟みたいな。私はどうしても、モーニング娘。のようなアイドルがやりたくて、それを言い続けた結果、お店のメンバーの子とグループアイドルをやろう！ということになったのが始まりでした。

小川　一方で当時はラグナロクオンラインで、さっきお話しされていた〝破壊と再生〟をしていたんですよね。オンラインゲームってどっちかっていうと、他人と面と向かって会わないじゃないですか。それとユニットのアイドルをやりたいという気持ちは両立していたんですか？

古川　私はいじめられてたタイプの人間だったので、あの頃、いじめてきた人間に、どうにかして復讐をしてやりたいっていうのをずっと思っていたわけですよ。当時、テレビに映っていたモーニング娘。がすごくキラキラしていて、私もこうやってテレビに出て、キラキラしている姿を見せられたらギャフンと言わせられる！　見返してやれるな！っていうところから、アイドルになりたいと思って。そういう復讐心から始まったところがあるんです。

小川　お前より輝いているぞって。いじめてたお前より私の方が全然輝いているぞ！みたいな。

古川　めっちゃいい人生、送ってっからな！というのが、私のアイドルとしての志というか。〝そんなにアイドルになりたいんだったらメイド喫茶とか行ってみたら？〟ってゲーム内のチャットで言われたひと言から道が開けましたね。オーディション受けてもまったく受からなかったんですよ。

でんぱ組は起業型アイドルだった

小川　オーディションはいろいろと受けていたんですか？

古川　それこそモーニング娘。も、AKB48も。全部書類落ちで、もぉー！と思って。入れないんだったらもう作るしかないなって。作ったら、絶対入れるから！

小川　そしてメイド喫茶でメイドになるために秋葉原に行って。

古川　で、秋葉原ディアステージにたどり着き、ユニットを組ませてくれって直談判してできたのが、でんぱ組だったんです。

小川　なんというか起業型なんですね、アイドルとしては。大手の会社に入社するんじゃなく、自分でベンチャー企業を立ち上げたみたいな。

古川　そうですね。普通、アイドルって大手プロダクションから、じゃあ、今日から君たちはアイドルで、デビューの日はこの日です！　どぉーんっ！みたいな感じじゃないですか。我らは這い上がるように、曲をなんとか作ってもらい、衣装はＳＨＩＢＵＹＡ１０９の１着７００円のワンピースがあったからそれを使いましょう！みたいな。どうにかして、やらせてくださいと。コミケにＣＤを持って行って売る、みたいなところがスタートですね。

小川　じゃあＣＤも、レーベルから出したとかじゃなく、しかも手売りで？

古川　手売りで。もうすべて。

小川　ちなみにこういうアイドルになりたいという理想像、当時の憧れは誰でしたか？

古川　やっぱり私はモーニング娘。の石川梨華ちゃん。『ザ☆ピ～ス！』の石川梨華ちゃんは本当に可愛い！　ああいうユニットにいても、ひと際、輝ける人にすごく憧れがありました。

小川　ユニットが良かったというのは、なぜだったんでしょうね？

古川　私は歌を歌うのがあんまり得意じゃなかったので、ソロはやりたくない、というのはずっと言っていたんです。歌で売りたいわけじゃない、歌って踊るまでが私の売りだ！みたいなことは自分でも思っていて。松田聖子さんみたいなアイドル像より、モーニング娘。やSPEEDのような多人数というのにめちゃめちゃ憧れがありました。

小川　でんぱ組を作るときも、こういう役割の人が、たとえば歌の上手い人が1人いないと、とかそういうのはあったんですか？

古川　ありました。私はそんな明るい方じゃなかったので、明るい子は入れたいみたいな感じで。卒業しちゃったんですけど、えいたそちゃん（マキシマムえいたそ＝成瀬瑛美）とか、すごい明るい子が入ってきてくれて。

小川　そういう感じでどんどんユニットとして完成に近づいていったんですね。最終的に目指しているのはやっぱり、モーニング娘。？

古川　もちろん憧れはそうなんですけど、今はいかにして続けられるか、ということですね。

小川　ずっと続けたいっていうのがある？

古川　アイドルを経て俳優さんになりたいとか、演技の仕事を頑張りたい、という人も多いじゃないですか。でも私はそういうのがなくて。私はいつまで経ってもアイドルでいたい。〝アイドル辞めたら、私マジでなんにもねぇな〞って、結構思うんですよね。

自分の人生を公表していこうと決めた瞬間

小川　最初、お客さんはどれくらいいました？

古川　でんぱ組.incになってからもそうなんですけど、お客さんはいなかったです。どれくらいいなかったかというと、一人一人でライブやった方が、お客さんが来るというくらい。でんぱ組からでんぱ組.incになった瞬間に、誰も来なくなるっていう現象もありましたね。やっぱり最初は求められていなかったんですよね。アイドルユニットなんかやんなくてもよくない？みたいな。なおかつ歌っている曲がでんぱソングだったので。アニメ好きの皆さんにも聴いてもらいたいという気持ちがあったんですけど、アニメ好きの皆さんからしたら、私たちってやっぱ三次元なんで。なおかつ声優でもないので、興味ないんですよね、やっぱり。

小川　ああ、なるほど。

古川　で、アイドルの現場に行くと、〞でんぱソング、何それ？〞みたいな感じで、どこからも需要がないユニットでしたね。このとき、よくしてたのが、曲が終わった瞬間にどうやったら拍手がもらえるか考えようっていう会議。拍手が起きないんですよ、曲が終わっても。

小川　そこからどうやって上がってきたというか、何か手応えを感じるようになったきっかけとかあったりしたんですか？

古川　一番大きいきっかけは、楽曲『W.W.D』をリリースしたことですね。前山田健一さんが手がけている楽曲なんですけど、各メンバーのマイナスな部分、ネガティブな部分をもっと出していこうっていう曲だったんです。私だったら、学校なんか行きたくなかった、家に引きこもってた、ゲームセンターだけが居場所だったって。それが歌い出しなんですよ。意味わかんないじゃないですか。それでもやりたいことがあって、頑張ってんだっていう気持ちをバーンっと歌った曲があったんですね。その曲を出した頃から、見られ方が変わってきたなっていうのは実感としてありました。

小川　自分のキラキラしたところを見てもらうのが、それまでのアイドルのイメージだったところを、ちょっと闇というか暗い部分を出したという。いわゆるタブーですよね。

古川　そうなんです。タブーに踏み込んだ。それを歌ったときくらいから、ファンレターとかで、僕も、私も、ずっといじめられていたけど、『W.W.D』を聴いて元気をもらいましたっていう声をたくさんいただくようになって。私のマイナスがこんなにもいろんな人に勇気を与えているんだ、だったら私は自分の人生をどんどん公表しよう、そこに共感をしていただけるんだったら、自分の人生を見せていくことがみんなの力になるんだったら全然構わないなと思うようになりました。

小川　みりんちゃんって結婚もして、お子さんもいるじゃないですか。それでもアイドル活動を続けている人ってあんまりいないですよね。いないというか、難しいと思うんですよ。子供を産むとお母さんの部分もできるから、既存のアイドルのイメージと矛盾するじゃないですか。でもそういうものもオープンにしている。言ってみれば、別のアイドル像を見せたことによって、今もアイドルを継続できているのかなと思いますね。やっぱり長い時間活動していくと、ボロが出るじゃないですか、人間って。

古川　出ます、出ます。ふははは（笑）！

小川　キラキラしてます、こんなに潔白ですよ、みたいな顔をしてても、5年、10年と活動していくと絶対ボロが出る。長い期間、アイドルを続けている人って良くも悪くも、自分のそういうダメな部分も出していかないと、というところがあるんでしょうね。

古川　嘘をつくのは良くないなと思っていて。もちろん全部、ファンの皆さんに喋る必要はないんですけど、嘘をつくってやっぱり難しい。なので結婚発表はファンの皆さんの前でやりたいなって、ライブ中にお伝えしたんです。でんぱ組.incをこの先も続けていくんだったら、それが最善なんだろうなって決断して。とんでもない雰囲気になったらどうしようとか、いろいろ考えたんですけど、振り返ってみても、真っ先にファンの方に伝えて良かったなって思います。

「歌って踊れるゲーマーアイドル」の憂鬱

小川　でんぱ組.incの強さっていうのはどういうところにあるんでしょうね？

古川　元々、秋葉原ディアステージで働いてた子が多いので、楽しんでもらいたいね、喜んでもらいたいねっていうおもてなしの心ですね。元メイドだったりする子も多いので。ライブに来てくれたからには何かいい思い出を持って帰ってもらいたいと願っている子が多いんです。

小川　みりんちゃんには〝歌って踊れるゲーマーアイドル〟っていうキャッチコピーがありますよね。08年当時って、僕の記憶の限りでは、どっちかというとゲーマーって言うのちょっと恥ずかしかったというか。最初から〝ゲーマーです〟って出していたんですか？

古川　プロデューサーのもふくちゃん（福嶋麻衣子）から「みりん、あんたには個性がないから、個性のあるキャッチコピーをつけよう！」って言われたんです。「何が得意なの？」って聞かれ、「ゲームですね……」「それだー！」みたいな。「ゲーマーアイドルだ、お前は！」って。そこから名乗るようになっていきましたね。このとき、ちょっとミスったなと思ったのが、皆さんからの期待値がすごすぎて。「みりんちゃんゲーム得意なんでしょ。『ぷよぷよ』何連鎖できるの？」「いや、『ぷよぷよ』はできなくて！」「みりんちゃん『信長の野望』とかやってる？」「そんなにやってないです！」みたいな。ゲーム好きを公言してしまったがゆえの弊害というか、あの子なら、どんなゲームもめちゃめちゃ上手いと思われてしまったんです。今だから思うのは、こういうのってギャップも必要だなっていうこと。〝いや、実は私、ゲームが好きなんですよ〟みたいなギャップが、私にはないんです。

小川　アイドル像は日々、変わっていっていますよね。アイドルとしてのみりんちゃんには何が求められていくと思いますか？

古川　多様性じゃないですけど、今、いろんなアイドルがいて。なんでもありなアイドルもいるし、正統派のアイドルもいる。いろんなアイドルがいる中で、私にできることって、共感できるアイドルかなって。私の強みってそこなんじゃないかなと思っています。

小川　等身大というか。

古川　たとえば子育てをしながら仕事をするヤバさって、ワーママさんは絶対わかってくれると思うんです。保育園の時間が〜とか、お迎えコールが〜とか、そういうつらさを経験している人は多いと思うので、そういう部分を発信することによって、みりんちゃんも頑張ってるんだったら私も頑張ろう、みたいな気持ちにもしなってくれるのだったら、私は自分がやりたいことをやれていると思う。共感してもらえる何かを発信することが今、自分にできる一番いいアイドル像かなって。だから私は、身の回りに起きたことをどんどん発信できるアイドルになりたいなと思っていますね。

小川　XやInstagram、YouTube、あるいは配信サイトで、最近、アイドルの活動自体が可視化されているというか、取り繕おうとしてもなかなか隠しきれない時代になっているのかなっていう気がしていて。みりんちゃんは共感って言っていたけど、今後のアイドルって、自分になるべく嘘をつかないで、ありのままの普段の自分をどれだけいろんな人に受け入れてもらうかというところで勝負できないと、キツくなるのかなという気がしますね。

古川　アイドルってどうしても、個性を出さなきゃって思ってしまうんですよね。

小川　キャラクターを作ってね。

古川　そうなんです。キャラを付けるんですけど、あれってやっぱりしんどいんです。個性っていうのは自分の中から出てくるものだと思う。だから若手のアイドルさんには、そんなに無理しなくてもいいんだよって伝えたいですね。

〈芸人・小説家〉

太田光

お笑いから得た感覚をＳＦ小説に

太田光

（おおた・ひかり）

1965年、埼玉県生まれ。お笑いタレント、漫才師、文筆家。88年、田中裕二とお笑いコンビ「爆笑問題」を結成。93年「NHK新人演芸大賞」の大賞受賞。テレビ朝日系『GAHAHAキング 爆笑王決定戦』で10週勝ち抜き初代チャンピオンに。2010年に『マボロシの鳥』で小説家デビュー。小説作品に『文明の子』『笑って人類！』。「爆笑問題の日本原論」シリーズ、『違和感』『芸人人語』など著書多数。

【放送時のプレイリスト】

『Haven't Met You Yet』Michael Bublé
『Re-swim』04 Limited Sazabys
『ずるくない?』ぷにぷに電機feat.Kan Sano
『The Girl That Never Was』James Blunt

小説が長いのはけっして悪いことではない

小川　この番組の「Street Fiction」というタイトル、頭文字が〝SF〟なんですけど、僕はSFの賞でデビューしたということもあって、SFと掛けた、ちょっとダジャレみたいなタイトルになってるんです。今日はSFを愛してやまないスペシャルゲストとディープなSFの話をするような気がしています。

太田　よろしくお願いします。いや、光栄ですわ、先生！　賞の取り方教えてください。

小川　やめてください(笑)。僕も賞の取り方なんてわからないです。今日は、小説家、あるいは読書家といった、太田さんの普段スポットライトを浴びていない一面についてお話を伺えればと思っています。太田さんの小説家としての活動を紹介しますと、２０１０年に最初の小説『マボロシの鳥』、12年に『文明の子』、そして23年の3月に『笑って人類！』を上梓。この作品は2段組５００ページ超えというすごい長さです！

太田　人のこと言えないでしょ（笑）？

小川　そうですね。小説が長いのはけっして悪いことではない、ということを言いたかったんです（笑）。『笑って人類！』は、かなり濃厚なSF設定で、様々なエリアやキーワードが使われていますが、どういう着想から執筆を始められたのですか？

太田　最初、映画を作るつもりだったんですよ。ざっくりいうと、日本の喜劇映画の中でシリーズを重ねてきた森繁久彌さんの「社長」シリーズと、植木等さんの「無責任」シリーズを合体させたような喜劇映画を作りたいなと。それに『ローマの休日』をちょっと足そうかと（笑）。古き良きというか、自分が観て育ってきたような映画をもう一度、日本映画で作りたいなと思ったんです。主人公であるピースランドの首相・富士見という人物は森繁さんが演じる社長、要するに地位のある人がどうしようもないっていう設定で、そこに桜という秘書が出てくるんだけど、こいつは飄々としていて、いつも「どうにかなるでしょ」と言っている植木さんみたいな設定。そしてアンっていうフロンティア合衆国の人物は、ちょっと地位があるんだけど、そこから抜け出してデートしちゃうみたいな人（笑）。

小川　『ローマの休日』のオードリー・ヘップバーンですね（笑）。小ネタというか、ひとつの短編小説になるぐらいのSF的な設定やアイデアが、マシンガンのように盛り込まれていますね。

太田 小川先生にそれだけ言われたら本望ですね。豊﨑、聞いてる？

小川 書評家の豊﨑由美さんですね。太田さんはどういうご関係で？

太田 愛人みたいなもんですかね。

小川 愛人（笑）？

太田 会ったことないんですよ、俺。

小川 会ったこと、ないんですね。

太田 ただ俺がラジオでわーわー言っているだけで、迷惑だと思いますよ、向こうは。

小川　デビュー作『マボロシの鳥』の頃からの因縁があるとか。

太田　因縁というか、こっちが勝手にギャーギャー罵詈雑言を言った過去がありまして。『マボロシの鳥』と齋藤智裕『KAGEROU』の刊行時期が同じくらいだったんですけど、そのとき豊﨑さんが「水嶋ヒロには伸びしろがあるけど、太田さんは人の話を聞かないだろうから、今後伸びないだろう」って書いたんで、〝ふざけんな！　じゃあ、もっと小説、書いてやるよ〟って。でも豊﨑さんのその言葉はモチベーションのひとつにはなっていますね。

どんな人にも必然があるはず、というのは常に思っていること

小川　太田さんはテレビ、ラジオのお仕事もやっていらっしゃって、そうした本業がある中で小説を書いているんですけど、どういうときに書いているんですか？

太田　書く時間はあんまり決まっていないです。『笑って人類！』を書いていたときは、シナリオからの流れだったんで、車の中だろうが、楽屋だろうが、とにかく暇さえあればパソコンを開いて、1行でも付け足すみたいなことを、何年にもわたってずっとやっていま

したね。

小川　物語の最後に〝講和条約〟という形で、どういう風に自分たちの世界で平和を維持していくかみたいな宣言文、あるいは憲法のような文言が載っていますが、これは太田さんご自身の考えとも近かったりするんですか？

太田　そうかもしれないですね。

小川　幸福の形はみんな違っていることをみんなが認めようとか、それが時代と共にどんどん変わっていくことも認めようみたいな。これが正解だというものではなく、常に形を変えていくものをみんなで守っていこうと。そして5年に1度、また考え直しましょう、とも言っていて。こういうことを言う人、これまでいなかったな、すごく面白いなと思ったんです。

太田　昔、中沢新一さんと『憲法九条を世界遺産に』という本を出したんです。俺自身はもちろん護憲派であり、周りからは頑なに日本国憲法を守る人だと思われがちなんだけど、時代に応じて変えていくというのも必要というか、それもありじゃんと思っているんです。いってみれば、憲法九条を必死に守るというタイプではないんですよ。国民投票をやればいいじゃんと思っている方なんだけど、それがなかなか伝わらず、〝あいつは左だから〟とか言われちゃう。かといって、変えていくのもあり、ということを言うと、今度は〝あいつは右だ〟とかいろいろ言われるんです。俺、安倍晋三さんと話したかったのはそこの部分。なんで変えられないのかということと、日本の近現代の中には日本人の気質みたいなものが大きく原因としてあること、そういうのをいかに日本人が翻訳して自分たちのものにしていくかということを考えないとダメなんじゃないのかなってことなんです。絶対守るとか、絶対変えるとか、今までその二者択一みたいな感じで来たじゃないですか。でもその中間があってもいいんじゃない?という気持ちは、この小説を書いているときにありましたね。

小川　『笑って人類!』には、テロリストの視点も出てくるじゃないですか。とんでもなく悪いことをする裏切者や重罪人も出てくる。でもそういう人たちの視点も、都合も、全部書いてある。もっというと、ひどいことしたやつのことも、読者がちゃんと共感できるように書いてあるんですよね。そういう考え方もあるとか、こういう状況にいたらこういう選択をするのは仕方ないよなとか、どんな人であってもわかってやりたいという懐の深さみたいなものがあります。

太田　どんな人にも必然があるはず、というのは、俺が常に思っていることで、それが小説にも出てきちゃうんでしょうね。それ、小川さんの小説もそうだよね。善悪って時代によって変わるし、国によっても変わる。この人にとっての幸福とあの人にとっての幸福は対立したりするから、そこがやっぱり一番難しい。何かひとつの基準で測れないってところが俺の根底にはあるんです。ストーリーを進めさせるために100%悪者みたいなやつって出しがちなんだけど、そいつにはそいつの正義があるんですよね。でもそうすると、物語は進めにくくなるし、膨らんじゃう。けどそこは妥協したくないなっていう気持ちはあったかもしれない。

小川　太田さんは「人間嫌い」と言いつつ、人間をわかろうとするというか、絶対に見放さないですよね。人を本当の意味でわかってあげたいみたいな態度が小説の隅々まで行き届いている気がする。この作品はネットの中傷みたいなものが大きなキーワードになっていくのですが、中傷は世界を悪くしているという側面も描きながら、たとえば中心人物の一人である翔という少年は、中傷をしている側の人間なのに、作品の中では重要な役割を担っている。作中に出てくる魔法少女のアニメも世界を恨む負のエネルギーが世界を救うみたいな話になっていったり、物事の悪い側面も話の中で逆転させたりしている。

それってストーリーとしてはシンプルにはいかない、むしろ難しい方向へ進むものだと思うんですけど、あえてそれをする。絶対、その姿勢は崩さないという覚悟を感じました。

太田 そう感じてくださってありがたいですね。俺自身、ＳＮＳはやらないんだけど、炎上することが多いんです。ＳＮＳ上で誰かが何かを誹謗中傷するみたいな世界が始まったとき、わりと最初から俺はやり玉に挙げられがちだったので、そういうことを考える機会が多かったのかもしれないですね。たとえば、「太田、死ね」とか書いてるやつがいるんだけど、こいつがこれを書いているのって、自分がなんとかその状況から逃げるためなんじゃないのか？とか、こいつももしかしたら、これを書いたあくる日に誰かにいじめられてたりするかもしれないなとか、そういう考え方を日頃からしてるからかもしれないね。

小川 それは、自分のことを誹謗中傷するやつでも理解したいという思いなんですか？

太田 理解したいっていうか、やっぱり自分が助かりたいんですよ。つまり、１００％、俺に悪意を持ってる人間がこの世界にいっぱいいると思ったら、俺が生きていけないじゃないですか。こいつもきっと失敗しているだろうし、という風に考えたら、自分の気分も楽になる。個人として悪いやつなんて、そうはいないと思うんです。話をしてみると、大抵いいやつですよ。だけど匿名や自分の顔が晒されない状態になると人は変わる。しかもそれが集団になったとき、モンスターが現れる。そういうところは自分の思いが出たのかもしれないですね。

小説の中に表れる「お笑いから」得た感覚

小川　『笑って人類！』は、言葉の力がひとつのキーワードになっているんですけれども、太田さんは芸人として、コントも漫才もやってきていますが、芸人として扱う言葉と小説家として扱う言葉って違いとかってあったりしますか？　意識していることとか。

太田　無意識かもしれないですね。同じことをやってるはずなんだけど、漫才を作る場合はなるべくシンプルにしている。テレビサイズって5分ぐらいなんですよ。そうすると5分の間にどれだけ笑いを取れるかということを考えるので、田中（裕二）のフリと俺のボケを最初に作って、どんどん削いでいく作業をしているから、小説の作り方とはわりと逆かもしれないですね。

小川　漫才の台本は紙に書いてというか、パソコンで打っているんですか？

太田　パソコンで書いて、実際にやってみながらさらに変更していくんです。もう田中がダメでね。あいつのフリがうまくいかなくて、というか、我々、本当にお互い歳を取って、もうセリフが入らなくなってきたんです。だから何度も何度もやって、昨日も一昨日もずーっとネタ合わせしながら、「なんでこれ忘れるんだろう」とか言いながら、やっています（笑）。

小川　でも漫才はずっと続けていく。

太田　ここまで来たらもう成り行き。本当はこんなつもりじゃなかったんだけどね。みんなパッと冠番組をやって、ゴールデンやって、そうすると漫才はもうやらなくなるじゃないですか。俺らもそのつもりだったけど、ライブしか場所が無いみたいな時期があったもんですから。で、やっていくうちに、『M-1グランプリ』なんかができてきて、漫才が注目されるようになったからね。

小川　小説家としての野望や目標はあったりしますか？

太田　そりゃあ、直木賞ですね。どうすりゃ取れるんですかね。なぜ直木賞を取りたいかっていうと本が売れるからなんです。売りたいっていうのは稼ぎたいという意味じゃなくて、みんなに読んでほしいっていうのが一番大きいんです。

小川　いろんな人が読んでくれて、感想をくれる。著者としてはそれが一番嬉しいですよね。太田さんは、星新一賞の審査員も務めたことがありますが、そのときはどういう基準で作品を選んでいたんですか？

太田　俺ね、審査員向いていないと思うんですよ。ノウハウなんかもあんまりわかんないし、後輩にもダメ出ししたことないんです。特にお笑いは何が売れるかわかんないじゃないですか。「タイタンライブ」というライブの中でネタ見せというのがあり、うちの作家がネタを見るんですけど、その作家たちにも一切ダメ出しするなと言っているんです。というのは、何がヒットするかわかんないから。過去に小島よしおがブレイクしたとき、あいつ、何度も「タイタンライブ」にネタを見せに来てて、ずーっと落としてたやつだったっていうのがあって。お笑いっていうのは基準がわからないから。そういう意味で言うと、星新一賞のときも単なる読者として面白かったものに点数を付けていました。

小川　自分の好みというか。

太田　好みですね、完全に。

小川　爆笑問題というコンビは、デビューしてからずっとトントン拍子で来ているじゃないですか。それも自分が面白いと思うものをやってきただけということですか？

太田　そうです。『M-1グランプリ』以降なんですよね、芸人が学問的にお笑いを解体して構築するみたいなことをやり始めたのは。俺らのときにはめちゃくちゃなやつしかいなかったんで、とにかく笑いを取ればいいだろうっていうことでしかなく、そのやり方は今も変わってないかな、自分たちの作り方としてはね。

小川　『笑って人類！』の中に出てくる、いろんな価値観を認めようとか、違う価値観の人がいてもわかろうと努力しようとか、そういう話は、お笑いから得た考え方でもあるんですか？

太田　それはあるかもしれないですね。一方で明確な基準っていうのは〝笑いの量〟なんです。そこがお笑いの好きなところ。どんだけ新しいネタをやっても、そのライブで笑いが少なかったら、それはもう負けなんです。そこがやっぱりお笑いの一番わかりやすいところ。マヂカルラブリーが、〝あんなの漫才じゃない〟みたいなことを言われたことがあったけど、漫才なんて明確な定義がないんだから、それを漫才であるかないかと判断する必要なんてないし、ウケたもん勝ちじゃん、ということですね。

高校時代の自分をほっとさせてくれた〝告白文学〟

小川　読者としての太田さんの話も伺っていきたいなと思うんですけど、いろんなインタビューの中で、高校生の頃に島崎藤村、太宰治と、日本の近代文学にハマったという話を読んだのですが、あの時期にこういった作家が面白いと思ったのはなぜだったんでしょう？

太田　高校生のとき、俺、本当に友達ができなくて。学校で過ごす時間が長くてしょうがなかったのよ。なんにもしていないと、〝あいつ、何もしていない〟って目立つじゃないですか。常に手に本を持って、〝僕は読書中です〟っていう態勢を作りたかったというのがまずあったんです。当時、谷村新司さん（アリス）のラジオをよく聴いていたんですけど、谷村さんがよく名前を出していたのが亀井勝一郎という評論家の人で。谷村さんが言うなら読んでみようと亀井勝一郎の本を読んだら、その中に島崎藤村の名前がいっぱい出てきたんで、〝じゃあ次は藤村だ〟と読み始めたんです。そしたらまぁ、ウジウジウジウジ（笑）。あの人の作品、私小説じゃないですか。〝私はこうでこうで悩んでる〟っていう話を読んでいると、あのとき自分もそういう環境にいたから、すごいフィットしたんですよね、あの告白文学ってやつが。俺もこんなに悩んでるけど、昔もこんなに悩んでたやつがいたんだなと思って、それを読んでいるときが、すごくほっとできる時間だったんです。

小川　小説って〝いつ読むか〟ということがすごく大事ですよね。今読んでも全然面白いと思わない本でも、すごく突き刺さる時期、タイミングがある。小説と出合う時期というのは重要。

太田　そうですよね。俺、物を作りたいという気持ちが当時からあって、でも自分には小説なんか書けねぇよなと思っていたんですけど、島崎藤村は自分の悩みの事実を書いているだけで、これだったら今、自分が悩んでいることとか書けばいいのか、これなら俺も小説、書けるかもしれないと思っていた時期はありました。で、島崎藤村を読み終わってから、亀井勝一郎の親友だった太宰治作品にいったんです。太宰って『人間失格』的な小説が有名だけど、『新ハムレット』とか、『ろまん燈籠』『右大臣実朝』みたいな作品をいっぱい書いているんですよね。あの人、パロディ好きでしょ。しかもちょっとふざけてるじゃないですか。

小川　太宰治、実はすごくユーモアもあるんですよね。

太田　ユーモアあるよね！　で、こっちの方の太宰治っていいなと思って、そこからフィクションを作るってことは楽しいんだ！と思うようになりました。

小川　『笑って人類！』を読んだとき、文章のスタイルには外国の作家の影響があるのかなと感じたんですけど、太田さんが、好きな海外作家でよく名前を挙げていらっしゃるのが、ジョン・アーヴィング、カート・ヴォネガット、J・D・サリンジャーといった面々。こうした作家たちとはいつ頃、どういう風に出会ったんですか？

太田　太宰も読み終わって、じゃあ次はアメリカ文学も読んでみようかなって、大学生ぐらいのときに読み始めましたね。最初に『ライ麦畑でつかまえて』でサリンジャーを読んで。何が面白かったのかよくわかんないんだけど、不思議な小説だし、清々しかったり、ちょっとこう、切なかったりね。で、サリンジャーにダーっとハマったんですよ。『ナイン・ストーリーズ』っていう短編集に出てくるグラース家、その後のサリンジャー作品のいろんなところに出てくる不思議なあの家族に夢中になって。そのときちょうど、アーヴィングの『ガープの世界』が映画化（ジョージ・ロイ・ヒル／監督　ロビン・ウィリアムズ／主演）されたのを観て、〝うわぁ、面白い！〟と思って、アーヴィングを読んで。『熊を放つ』ぐらいまで遡って、夢中になって読みましたね。『ホテル・ニューハンプシャー』なんて声を出して笑いながら読みました。残酷なことがめちゃくちゃ起きるんだけど、こんなことで笑わせられるんだっていうのは衝撃的だったかもしれない。そこからヴォネガットにいきました。

小川　太田さん、ヴォネガットの『タイタンの妖女』の帯を書きましたよね？　10年以上前に。僕、高校生のときに『タイタンの妖女』を読んだんですが、よくわからなかったんです。大学生になってから再び読んで〝面白い！〟となってですね。その時、手にした文庫の帯に太田さんの言葉が書いてあったの、今もはっきり覚えているんです。最初に読んだヴォネガットはなんでしたか？

太田　『ローズウォーターさん、あなたに神のお恵みを』。同時に『スラップスティック』。あの辺をげらげら笑いながら読んで。で、面白いことを考える人だなというか、普通のことを書いてるのに、この人に改めて書かれるとこんな面白いんだって思ったんです。たとえば電気椅子の説明をしているやつとか。

小川　『チャンピオンたちの朝食』？

太田　そう、そう！

小川　今回の『笑って人類！』もSF小説ですし、SF作品はやっぱり、すごく好きなのですね。SFが好きになったのは、いつ頃からだったんですか？

太田　中学生ぐらいの頃、学級文庫にずらっと並んでいたのは星新一のショートショートだったし、俺らの世代って、『ウルトラマン』や『仮面ライダー』で育ってきているんですよね。いってみれば、SFだと意識しない子どもの頃から手塚治虫先生や石ノ森章太郎先生の作品に囲まれていたんです。だからSFってことを意識しないうちに好きになっていましたね。

SF作家は警鐘を鳴らす〝炭鉱のカナリア〟でもある

小川　太田さんが子供時代を過ごした1960〜70年代は宇宙開発競争みたいなものもあって、ロケットや宇宙に人々がすごく夢を抱いていた時代ですね。科学技術がこのままどんどん進歩し、人類はもっといろんなことができるようになるんじゃないかという、未来や技術に対するポジティブな発想力を持つことが許されていた。そういう時代の中、生まれてきた作品に、太田さんは幼少期から親しまれてきたのですね。僕が生まれたのは1986年で、チェルノブイリ原発事故が起きた年なんです。あの事故も、技術がすべてを解決したり、人類を救ってくれるわけではないということを提示する、ひとつの転機にはなったと思うんですけど、冷戦もあったし、技術というものに対するネガティブな視点も増えてきた。だから僕が読んできた同時代のSFは、技術のポジティブな面だけを扱うわけにもいかないみたいな雰囲気だった気がするんです。

太田　チェルノブイリ原発事故のことでいうと、他の小説のジャンルに比べて、SFというジャンルのものの方が、警鐘を鳴らしていたと思う。『ゴジラ』もそうだし、『宇宙戦艦ヤマト』も放射能で侵された地球がもう滅びてしまうという物語だし。手塚先生にしても鉄腕アトムは科学の子、原子の子なんだけど、その暴走については警鐘を鳴らしていた。ヴォネガットもそうしたことについて書いている。SF作家たちは、危険が迫るとそれをいち早く察知し、警鐘を鳴らす〝炭鉱のカナリア〟のようでもあると感じますね。

小川　みんながポジティブだと思っていることにも別の側面があるというのをいち早く示すのも、小説家、特にSF作家の役割のひとつだと思うんです。一方で、みんながすっかり忘れ、なかったことにしている、思い出したくもないようなことをネチネチ掘り返しては、〝お前ら、忘れんなよ！　昔、あれだけ騒いでいたのにもう忘れてんのか！〟と示すことも。その両方を提示することが、小説家の仕事なのかなという気がします。

太田　『ウルトラマン』や『ウルトラセブン』を子供の頃に観ていたんだけど、異星人だけが悪いのか？　怪獣だけが悪いのか？と考えさせられる作品が多かったんです。だから結構、残酷なことも描いているんです。ウルトラマンの生みの親と言われる金城哲夫さんは沖縄県出身の方なんですけど、当時の日本で、沖縄県人である自分は異分子だと感じてしまう部分を異星人にオーバーラップさせたりもしていた。そういう意味でも、子どもの頃から本当にいい作品を観させてもらってきた。ありがたかったなと思いますね。

〈小説家〉

九段理江

物事に「小説」を見つけ出す

九段理江（くだん・りえ）

1990年、埼玉県生まれ。2021年「悪い音楽」で第126回文學界新人賞を受賞し、デビュー。22年、「Schoolgirl」が第166回芥川賞候補作に。23年、同作で芸術選奨新人賞受賞、『しをかくうま』で、第45回野間文芸新人賞受賞。24年「東京都同情塔」で第170回芥川賞を受賞。

【放送時のプレイリスト】

『歩道橋（feat. Kingo）』Jiggy Beats Jazz Orchestra
『Still Life』Tors
『I Had Some Help（feat. Morgan Wallen）』Post Malone
『言葉が主役にならない』AJICO

題材の選び方、小説の書き方もどこか似ている

小川　九段さんは2021年「悪い音楽」で文學界新人賞を受賞し、デビュー。23年は「Schoolgirl」で芸術選奨新人賞。そして『しをかくうま』で野間文芸新人賞を受賞。これ、公式のイントネーションは？

九段　し（↓）を（→）かくうま。でも公式とかはないですね。

小川　『東京都同情塔』では、AIに質問を投げ、AIが答えたりするやりとりがあったり、AIが文章を書くということ自体も作品のテーマのひとつに組み込まれています。世界に起きている事象、芸術物を言語で分解、解析することで、言語というものの意味の揺らぎや、言語というものを僕らが使うとき、どういうメカニズムによってそれを選び、どういうメカニズムで人と繋がっていくのか明らかにしようとする繊細な感覚を読んでいて感じました。こちらは建築がひとつのテーマにもなっているのですが、僕も『地図と拳』でそれをテーマに書いていて。さらに『しをかくうま』のテーマである競馬についても、僕は『嘘と正典』で書いてるんです。ひょっとしたら題材の選び方、似ているのかな。

九段　『東京都同情塔』を書く前に、私は『しをかくうま』を書いていたんですけど、その初稿を見せたとき、編集者から「小川哲さんにすごく似ていらっしゃる」と言われたことがありました。

小川　へぇ、そんなことがあったのですか。『しをかくうま』は世間的にはすごく難解な小説だと思うんですが、この小説がやろうとしていること、世間の人の平均値よりもかなり高いところで、僕は理解しているつもりです。

九段　ああ、ありがとうございます。

小川　題材を決めてから、僕がまずすることは、題材の中に「小説」を見つけることなんです。たとえば建築について考えるとき、自分は建築のプロフェッショナルではないので、文章や言葉を通じ、建築というものを解体していくことしかできないんですよね。競馬を書くときも競馬の中に文学、小説を見つけようとしたわけなのですが、最初に思ったのは、小説はサラブレッド的だなということでした。つまり三大始祖みたいな感じで、『源氏物語』や『聖書』というオリジナルの物語があり、そこからいろんな交配をして小説ができ、僕はその末端にいるわけじゃないですか。遡っていくと、どこかで『聖書』や『源氏物語』に行き着くように、世間に対し影響を与える小説というのは、サンデーサイレンスみたいにいろんな子孫を残していく馬のようだなというイメージが生まれたとき、競馬と小説が繋がったんです。九段さんは競馬と小説をアクロバティックに繋げていて、馬名というところから小説、あるいは詩も見つけることができるんだなと思った。建築についても僕が書いたものとは小説の切り出し方がまた違う。だからすごく面白かったですね。

九段 今、すごい納得したというか。私は、小川さんと同じく、どんな事象であっても「小説を見よう」とするところが絶対あるんです。だからどんな題材が来ても、自分は小説に変換できる、と思っているんです。

小川 僕らは小説家のフィルターで世の中を見ているから、なんか見つけちゃうんですよね。

九段 小川さんはそれ、いつから見つけちゃうようになったんですか？

小川 意識したのは職業作家になってからですね。自分が小説を書くとき、何をしているのかということを自分で解体するのが、僕はすごく好きで。小説を書いているときの自分の脳内で起こっている出来事や、自分が何を小説だと思っていて、どういうところにその魅力を感じているかみたいなものを解体していく中、自覚したのは、自分は小説ではないものの中に小説を見つけられさえすれば必ず書ける、ということでした。

九段　『東京都同情塔』についてのインタビューを受けたとき、「なぜアンビルトを軸に置いたんですか？」という質問をよく受けたのですが、私はアンビルトは小説だと思って構想したんです。実際には建てられなかったけれど思想だけが残っている建築、というアイデアが小説みたいだなと思って。小説を書くという行為は自分の思考を補う行為だと思っているんですけれど、私はいまだに小説ってなんなのかよくわかってなくて。小説を通してアンビルトについて考えてみたら、何かわかるかなと思ったんですね。小説をよりわかりたいみたいな気持ちで取り組んだもの、そのひとつがアンビルトだったんです。

小川　作品を書くときに一番大事なモチベーションって、書くことで知りたい、自分で考えてみたいということなんですよね。作品が出してくれている問いの強度が強ければ強いほど、作品として強いものになる。知りたいことについて、書く前は姿が見えないんだけど、書くことによって輪郭が見えたり、自分がこれぐらいわかると思っていたことがよりわからなくなったり、そういう感覚がすごくいい。

九段　小川さんと私が似ている、と言われた意味がちょっとわかった気がしました。完成が見えていない、書きながらそのプロセスを自分が楽しんでいる。課題や仮説を立て、それを解決するために文字を書き、次の文章を導き出していく。「小川さんとすごく似ている」と指摘してくれた編集者は、その書き方が似ている、と感じたんだと思います。

資料の中に「小説」を探していく

小川　でもその書き方はあまりメジャーじゃないと思うんです。とりわけエンターテインメントの場合は、最初に立てた自分の問いがある程度、多くの人に興味を持ってもらえる問いじゃないといけない縛りがあるんです。その文脈の中で、「僕はこれが問いたいんだ」という独りよがりなことを問うときは、どうしてもその問いの懐の広さみたいなものを考慮しないといけなくなってくる。僕、九段さんはエンタメも書けると思いますね。なぜなら競馬、建築と、多くの人が興味を持つものを題材にされているから。

九段　そうですか？『しをかくうま』を書いたとき、もうちょっと、みんなが興味を持てるようなテーマを、みたいなことを言われたんですよ。

小川　あまり前例がないからなんでしょうかね。競馬と小説ってすごく相性がいいと思うんです。あと、競馬実況に目をつけたのもすごくいいなと思いました。言われてみると、競馬実況って「詩」ですよね。競馬のレースは長距離でも3分強、短い距離なら1分くらいで終わってしまう。実況をする人は馬の名前を全部言わなくてはいけないから、早口で言う必要がある。10文字の名前の馬が18頭いたら、その名前を言うだけでレースが終わっちゃうから。そういう視点であまり考えたことがなかったし、確かにそれは「小説」だなと思った。

九段　そんなところに着目してくれたなんて、本当に嬉しい。

小川　作品を書くとき、九段さんは資料を相当読み込まれるそうですね。

九段　資料で１００冊読んでいると言うとびっくりされますが、でも１００冊は確実に集めています。

小川　僕は、わからないことを調べるために資料を読んでいると思われがちなんですけど、ほとんどの場合は読むことによって、どこに「小説」があるのかを探しているんです。建築について真剣に考え続けた人が書いた文章を読むと、その人の言っていることが、「完全にこれ、文学のことを言っているじゃん」みたいな瞬間があって。そういうのを作品の中にフィードバックするために資料を読んでいるみたいな感覚があるんです。

九段　着想を得るために読んでいるという感じなのかな。

小川　たとえば、戦前の小説を書いていたとき、当時の街灯を描写するうえでどれくらいの明るさか調べなくてはいけなかったので、街灯の歴史の本を買ったんです。その中でエッフェル塔は代替案だったということを知って。元々は300mぐらいの高さの巨大な光を灯すタワーが建つ予定だったらしいんです。パリを1日中眠らない街にするために中心地にとんでもなくでかい電灯を建て、ずっと昼間にしようという計画があったと。エンライトメントって言葉あるじゃないですか、啓蒙。どれも「光を灯す」という意味じゃないですか。パリは啓蒙の都市として光を照らしつつ、教養や知識をそこから生んでいこうという構想があった。そのことも、街灯の歴史の本を読んでいると出合うわけですよね。それはナチスドイツが光で列柱を作り、集会で自分たちの力を誇示したみたいな話とも結びついて、僕の中で戦争というものにも繋がっていった。ただの電灯の話が光と影、戦争や建築の話になっていったんです。さらに「小説の光と影ってなんだろう」ということにも繋がっていって。小説ってそもそも僕ら小説家が書きたいと思ったところだけを照らして書いているよなとか、そういうことが自分に跳ね返ってきて。それもまた小説の新しい展開になっていく。そういうことは、資料を読んでいないとできないんですよね。

小説が書き上がると、編集者より先に研究者に見せている

小川　小説を理解するためには、書くのが一番理解度が進むと僕は思っていて。プロとかアマチュアとか関係なく、小説を自分で書いている人と読むだけの人って、読み取れるものの質が違ってくることがあると思うんです。僕は読者だった頃より、書くようになってからの方が、小説を楽しめるレンジが広がりましたね。自分は小説読者だったとき、すごく偏屈だったんです。自分が書いてみると、こういう考えでこういう展開にしていたんだとか、適切な言い方ではないかもしれないけど、小説を「許せる」ようになったんです。

九段　小説を書くことを趣味にする人ってあまりいないじゃないですか。でも絶対、趣味にしたらいいと思うんですよ。小説を書くことは本をよりよく読めるようになることでもあると思う。

小川　だから僕は、文芸の編集者は新人研修で全員が一回小説を書いた方がいいと思うんです。書いたことがあるかも、という編集者って指摘の質でなんとなくわかるんです。あとよく言っているんですけど、小説家同士で原稿を交換してお互いに赤を入れたりするのも面白そう。

九段　実は私、編集者に送るより先に、初稿を研究者に送るんです。仮説を証明するために地道にロジックを組み立てている研究者からはいつも刺激を受けています。初稿を見せているその研究者から突っ込まれることって、編集者は絶対に突っ込まないようなこと。それがすごく役に立っていて。

小川　ちなみに研究者の方からはどういう指摘が多いんですか？

九段　私がいつも見せているのは社会学者なんですけど、論理性の部分ですね。小説なのだから、そんなに論理が繋がっていなくてもいいでしょ、とも思うけど、指摘があったところは素直に直します。準備の段階でも、研究者が読んでも破綻していると感じないように、なんのためにこういう風に書いたのか、この文章にしたのかと突っ込まれそうなところは全部説明できるようにしておきます。その準備のプロセスも絶対、小説のためになっていると感じているから、それは一番大事にしています。

AIを使う執筆のために、今から備えるべき「自分のプロセス」

小川　九段さんは芥川賞を受賞したとき、「言葉で対話することを諦めたくないすべての人々へ、『東京都同情塔』を捧げます」というポストをXでされているんですけど、やっぱり言葉を使って物事を伝えることを、最後まで諦めたくないという気持ちがあるのですか？

九段　そうですね、これを書いているときはそう思っていました。

小川　作品の中で生成AIと対話しているんですけど、人が使う言葉とAIが使う言葉の違いは？

九段　言葉単体でいったらそんなに違いはなくて。一番その違いが出るのが会話の流れだなと思っています。とはいえ、今はより人間に近いナチュラルな会話を生成できるようになってきていて。1年前に「私と君は同じ人間でありながら違う人間だ」と言ったとき、「いいえ、私はAIなので、あなたのような人間と違います」という風にきっぱり否定されたんですよ。でも最近まったく同じ質問を彼にしてみたら、「それは深いですね」って共感されたんです。彼はすでに自分をAIとみなしておらず、人間の大人のリアクションを見ながら育つ、人間の子どものように進化しているというか、そういう風に企業がプログラミングしていて。AIを提供する企業や開発する研究者がAIと人間の違いをなくそうという方向に進んでいるのであれば、この先、違いはほとんどなくなっていくんだろうなと思いました。

小川　AIが小説を書くようになったり、執筆を支援するようになったり、そういう時代になったら、僕も何らかの形で積極的に使いたいなと思うんですけど……。

九段　AIを使ったプロセスで小説を書くことにはあまり興味がないですか？

小川　ストーリーがある小説を書くとき、段取りが必要な場面があるんです。つまり、小説の中で問いたいテーマではなく、単純にストーリーの外形を整えるため、段取りとして必要なパーツがありますよね。たとえば、この人とこの人はどういう風に知り合い、どういう関係性になってみたいなところの構築をＡＩが担ってくれるんだったらやってほしいなと。恋愛がテーマの小説だったら、僕は恋愛の要素をＡＩに書いてほしいですね。興味ないし、わかんないから。でも、読者が小説を読み進めるためには、外形のパーツって実は一番必要な部分なんですよね。

九段　わかります。私も『しをかくうま』を書いたとき、馬の身体性をもうちょっと書いていただきたいと言われて困ったんです。結局書いたんですけど、馬の身体を想像するのは非常に大変な作業だった。

小川　そういうところをやらせるとなると、プロンプト、つまりＡＩに書かせるための指示書みたいなものを作るのが大変だと思うんですよね。普段自分がどうやって文章を書いているかというプロセスを言語化している人じゃないと。なんとなくの感覚で文章を書いている人だと、たとえばＡＩに「馬の身体性を描写してください」と言っても、絶対に望んだ文章は出てこないじゃないですか。自分のプロセスを、今のうちから言語化しておくことが、AI時代になったらアドバンテージになるんじゃないかなと思いますね。

「気に入らない」が創作の原点だった

小川　子どもの頃から本は好きだったんですか？

九段　本が好きというか、図書館に行くのがすごく好きだったんですよ。

小川　最初に、この作家さんが好きだな、みたいな人って？

九段　最初にハマったのは、小学校のとき、国語の教科書に載っていた宮沢賢治。『オツベルと象』の続きを書くというのが、私の最初の創作みたいなものでした。

小川　「オツベルときたら大したもんだ」ってやつですよね。

九段　そうです。あれ、枠物語の構造をとっているんです。枠物語って大枠の話とその中の複数の話が関連しているのが、その構造をやる意味なのに、それがない。それが私は気に食わなくて、続きを書いたんです。それ、中学のときにもやっているんですよ。ヘルマン・ヘッセの『少年の日の思い出』。あれも枠物語なのに全然機能していないから。気に入らないんですよ。たぶんそこからだと思うんです、私の創作の始まりは。

小川 「気に入らない」というところが、九段さんの創作の原点だったのですね。そして三島由紀夫についてはいろんなところで語られていますよね。

九段 好きですね。小川さん、三島はお読みになっていますか?

小川 三島の作品は構造的というか、自分が語っていることとそれについて語る自分の視点があって、読者としての三島は、僕とタイプが似ているのかもしれないってすごく思っていました。でも僕が三島を一番読んでいたとき、自分は「あー、これ、わかる!」というのではなく、わけわかんないパンチを食らいたいみたいなときだったんで、めちゃくちゃたくさん読んだけど、そのときは好きだとは思っていなかったんですよね。

九段 私は三島のこと、作家としてというよりも、若い子がアイドル崇拝するような感じだったんです。そう、初恋の人なんですよ。

小川 三島由紀夫という人物が？

九段 そう。三島由紀夫が初恋の人。小川さん、作家で初恋の人って覚えてます？

小川 恋っていう感じで……？　あー、町田康さんかな、僕は。

九段 へぇ、町田康さんなんだ。文章が頭から離れない感じですか？

小川 大学生のとき、憑りつかれたように、会う人、会う人、『告白』を配って回っていたし。『告白』を読んでいない人とは会話ができないと思っていた時期があったので、普段小説を読まない友だちにも「『告白』がムズイなら、『パンク侍、斬られて候』からでいいから読め」と渡していました。

九段 いやそれ、ちょっと、私が想像していたよりも恋ではないですか（笑）。

小川　ははは。恋かもしんない。

読み手が進化するから書き手が進化する、純文学

小川　芥川賞はいわゆる純文学の大きな賞という認識だと思うんですけど、純文学ってなんなのか、実はよくわかっていない人がほとんどだと思うんです。九段さん的にはどういう答えを？

九段　私の解釈では、生きた文学、生き物、ナマ物。私という生きた人間が、たとえばラジオで何を言うかはお相手がどういう方かによって変わるのと同じように、純文学は読者の読み方、リアクションによって変化を繰り返す生き物だと考えています。

小川　僕、実は純文学とかエンターテインメントという括りで物事を考えていないんです。純文学の雑誌に書いたり、エンタメの雑誌にも書いたりしているんですけど、ただ、その中で思うのは、純文学の読者の方って、すごく優しいなということ。

九段　優しいというのは？

小川　たとえば自分に理解できない文章や展開があったとすると、エンタメの読者はそれを作者、つまり僕のせいにするんだけど、純文学の読者は必ずしも作者のせいにしない。読み手としての自分のせいにもしますよね。

九段　自分の読み方が悪いんじゃないか、という。

小川　そう。読み方が足りていないんじゃないかと。エンタメでは「よくわかんなかった」というのがマイナスな評になるんだけど、純文学だと「わからない」は必ずしもネガティブなものにはならないですよね。わかる部分だけ拾い、自分なりにつなぎ合わせ、解釈をしていくという認識を読者の方がしているから。そうして拓かれていく小説の強さが純文学にはあると思う。

九段　私が読み手とのコミュニケーションを大事にしているのは、読み手が進化してくれるから書き手が進化できる、というのが純文学だと思うからなんです。純文学って技術的にもテーマ的にも、コミュニケーションを通じて無限に進化する余地があって、どんどん面白くなっていると思うんだけど、読み手はどんどん少なくなっていくから、それに伴って文学がどんどん死んでいくような印象を私は覚えているんです。こういう言い方は本当に傲慢だし、エゴだと思うんですけど、自分が書き手として進化するために、読み手にもいい読み方をしてほしいなと思っているんです。

小川　読者と作家が両方一緒に育っていく。僕もそういう気概を持った読者を増やせないかなと思っている。僕は自分の書いた小説で、読者を迷子にさせたいんです。なんとなく面白そう、といって手に取った本に、ぶん殴られてちょっと失神するような体験を与えられないかなと。

小説を書くことの最終目的は、他者とコミュニケーションを取ること

小川　九段さんのデビュー作「悪い音楽」は文字通り、音楽の話でもあるのですが、そこにはラップが登場してきます。『東京都同情塔』もものすごく韻を踏んでいて、『しをかくうま』でもイントネーションや語感の話が能動的に書いてあるんですけど、言葉の展開は、ラップ的に考えているんですか？

九段　私の執筆って、ビートメーカーがビートを作っている感覚にすごい近くて。書いてある

文章を、目と耳で聞きながら、どの音かなっていうのをいつも探しているんです。その音を探し当てると、音が言葉を連れてくるんですね。『東京都同情塔』は最初、タイトル「共感塔」だったんです。エンパシーだったけど、共感ではたどり着けなかった小説に結局なったから、やっぱり音が言葉を連れてきたなという風に思っています。

小川　九段さんは過去の作品に関連するプレイリストをSpotifyにアップしていますが、なぜこういうことを始めたんですか？

九段　私が他者とコミュニケーションを取りたいし、他者にも私の小説を通してコミュニケーションをとってほしいと思っているからです。小説を読むのが好きじゃない人たちとも、私はコミュニケーションを取りたくて、そういう人たちを排除しないためにあのプレイリストを公開している。別に、私の著作を読まなくてもいい、あのプレイリストを軸にコミュニケーションが取れたらということを期待してやっていますね。小説を書くことの最終目的、小川さんは読者を失神させるためですよね？　私は他者とコミュニケーションを取るためなんです。

〈映画監督〉

濱口竜介

チームで生み出す物語vsひとりで生み出す物語

濱口竜介
（はまぐち・りゅうすけ）

1978年、神奈川県生まれ。映画監督。2018年、商業映画デビュー作『寝ても覚めても』がカンヌ国際映画祭のコンペティション部門に出品される。21年、『ドライブ・マイ・カー』がカンヌ国際映画祭で日本映画初の最優秀脚本賞、アカデミー賞にて国際長編映画賞を受賞。以降も『偶然と想像』でベルリン国際映画祭銀熊賞、『悪は存在しない』はヴェネチア国際映画祭銀獅子賞を受賞するなど国際的に高く評価されている。

【放送時のプレイリスト】

『Time Flies When You're Having Fun』Dent May, Pearl & The Oysters
『ニューアイズ』眞名子新
『Hello Hello!（with LAGHEADS）』大和田慧
『Lifeline』Tom Walker

『悪は存在しない』では制作スタッフを主演俳優に抜擢

小川　2021年公開の『偶然と想像』がベルリン国際映画祭で銀熊賞（審査員グランプリ）を、同年の『ドライブ・マイ・カー』がカンヌ国際映画祭で日本映画初の脚本賞をはじめ計4部門で受賞と、今や世界中から注目される映画監督となった濱口竜介さんですが、最新作『悪は存在しない』は自然豊かな長野県の山奥が舞台です。山で穏やかな日常を送る巧とその娘の花が住む地域に、東京の企業がグランピング場を造る計画が舞い込み、住民たちに変化を及ぼしていくストーリーですが、よくある自然がいいもので人間が悪という単純な構図でもない。どのような経緯で本作は生まれたのでしょうか？

濱口　きっかけは『ドライブ・マイ・カー』で音楽を担当していただいた石橋英子さんから、「自分のライブパフォーマンス用の映像を作ってほしい」と依頼されたことです。ただ、ライブの後ろでかかっているような抽象的な映像であれば自分は適任ではないだろう、じゃあどんな形がいいのか？と探っているうちに1年が過ぎたあたりで、自分が普段作っている映像の延長線上に作ってくれたらいいんだ、と石橋さんが思っているのがわかったんですね。じゃあ脚本を書いて俳優を演出して作ろう、一本の映画を作ると大量の撮影素材ができるので、そこからパフォーマンス用の映像を作ればいい。そう考えて公開のあてもなく撮影を始めたのですが、俳優たちが素晴らしかった。俳優たちの声をもっと響かせたいと考えて石橋さんと相談した結果、劇映画『悪は存在しない』とライブの映像『GIFT』の2本ができる、という非常にイレギュラーな生まれ方をした作品です。

小川　僕はレジャー施設を造ろうとする側の人たちと住民たちのコミュニケーション、やりとりが印象的でした。ストーリーはロケ地の取材を踏まえての着想だったのでしょうか？

濱口　はい。ロケ地周辺でリサーチを始めたところ、実際にレジャー施設の開発計画が過去にあったことを知りました。しかもあまりにも無茶で杜撰な開発計画だったそうで、地域住民にその杜撰さを突かれてホロホロと崩壊していったという。実態に即さない、けれども無茶な計画が進められることは日常でも多々あることだなと感じたので、そこを物語の転換点に据えた感じです。

小川　人間と自然の対立を描こうとすると、自然を守る側の人間が感情的に、開発を進める側の企業が「法律はクリアしています」といった理性的なスタンスで描かれがちですよね。

ところが、『悪は存在しない』は構図が逆で、開発側の人間たちの方が感情的に物事を進めていこうとする。人間と自然を定型的な対立では描いていないところがまず印象に残りました。ロケ中は山の中で生活されたそうですが、現地の取材を通じて認識が変わった部分などはありましたか？

濱口 たくさんありましたね。実際に開発計画の説明会に出席した地元の方々から聞き取った言葉を脚本に盛り込みましたし、人間と自然の単純な対立というよりは、現実はもっと綾がある、グラデーションがあるものだなと自分が感じたことなども反映させています。

小川 主人公の巧が朴訥としたキャラクターであることも関係していると思いますが、会話のシーンがどれもすごくいいんですよ。『ドライブ・マイ・カー』もそうでしたが、端的に刈り込まれているのに、映像できちんと表現されている。僕は小説家なので、どうしても登場人物たちが考えていることをある程度までは文章で表現しなければいけないのですが、映画であればこんな風に時間の経過や感情を表現できるのだな、という驚きがありました。どのキャラクターも人間として立体的に立ち上がっているし、それが展開にも効いてくる。役者さんへの演出はどのように？

濱口　セリフの演出に関しては、現場で感じたことが反映されやすいような準備をしておきます。具体的にはセリフがたくさんあるシーンは事前に何度も何度も、ひたすら本読みをしてもらう。リハーサル段階では無感情でもいい、ただ本番は感情が入っても構わないし、「本当に何かを感じたら表現してください」とお伝えしています。

小川　映画の中で、ドライブ中にある人物が大きな声を出して一緒にいた人がちょっと怖がるシーンがあるじゃないですか。あそこ、僕もちょっと驚いたんですけど、一見するとダラダラした会話の中で、ちょっとしたアクセントになっていますよね。セリフに感情のようなものが乗ると、こんな風に際立つんだなと思いました。特に巧のキャラクターは、濱口さんの演出とすごく噛み合っていますね。

濱口　主演の大美賀均さんは『偶然と想像』にスタッフとして参加してくれた方なんです。今回、脚本を書く前に大美賀さん、カメラマンの北川喜雄さん、僕の3人で現地リサーチをしたのですが、そのときに大美賀さんにカメラの前に試しに立ってもらったら、あの自然の風景と馴染む、彼自身の風貌の良さみたいなものを発見できた。普段は物腰の柔らかい人なんだけど喋らないと怖くも謎めいても見えるな、と思えたし、そういう要素がこの物語には大事だと直感したんですね。以前から一緒に仕事をしてきたので、彼だったら無理に表現したりせず、謎めいた存在として画面に映ってくれるだろうという予感もありました。結果、大美賀さんは素晴らしかったし、「この映画をちゃんと公開したい」と思えたのも彼を撮影したからこそです。

コントロールのできなさをマイナスに作用させない

小川　濱口さんは脚本もご自身で書かれていますが、映画監督で脚本も書く人の割合ってどれくらいなのでしょうか？

濱口　全体としてはあまり多くないと思います。職能として、まったく違うものなので。ただ、ある種、作家的にものを作りたいという人は脚本も監督も兼任している人が多い気がしますね。とはいえフィクションを作るって、世界を一つ立ち上げることですよね。そのためには多面的な登場人物たちが、それぞれに違う行動原理で動かなければリアリティを出せない。でも自分ひとりのものの見方だけではどうしても限界がある。そういう意味では、他者の視点を取り入れられる共同脚本の良さもありますよね。

小川　その考え方でいえば、撮影現場で演者が濱口さんの想定とはまったく異なる解釈をすることもあり得ますよね？　そういう場合はどのように演出されていますか？

濱口　やっぱりどの物語にも、基本的な構造があるじゃないですか。こういう構造だから、このセリフの言葉が響く、という仕掛けがあるので、役者さんに任せてセリフを変えるようなことは僕はあまりしません。ただ、そのセリフにどんな感情を乗せるか、どう解釈するかは役者さんの仕事だと思っているので、そこに関してはお任せします。両者の齟齬がないように、自然になるようにという部分はコミュニケーションを通じて意識していますね。

小川　すごく興味深いです。映画と小説の違いはやはりそこが大きいですよね。小説は最初から最後まで自分ひとりで書けるので、作品のすべてを自分でコントロールできるんです。そこがいいと思って僕は小説を書き始めたのですが、逆にいうと自分が持っている視点でしか基本的には書けない。その弱みをどうにか克服するために、自分にルールを課したり、作品の中で新しいことを試したりといろいろしているのですが、それでも読んだ人にどう伝わるか、どう読み取ってもらうかまではコントロールできないんですよね。様々な視点や人との関わりの中で映画を作っている濱口さんは、そのあたりはどう感じていますか？

濱口　基本的には、受け手がどう感じるかまではコントロールできないと思っています。でも映画も一番最初のところは小説と共通していて、「自分の思うように世界をつくり変えられる」みたいな妄想から始まっていくんですよ。ところが映画の場合、実際に撮り始めると、その現実自体が反発してくる。俳優さんが自分が描いたキャラクターのように見えないとか、そういうコントロールできないことばかりだと徐々にわかってくるんです。それならばコントロールできない部分が作品にとってマイナスにならないように仕掛けて、面白くしていくしかない。結果、一緒に制作しているスタッフや公開後に観た人たちからも、予想もできなかった反応が出てくるのが一番面白いな、というスタンスに最近はだんだん変化してきました。

小川　なるほど。『悪は存在しない』も自然が大きなテーマとして扱われていますが、監督のイメージ通りのものが自然界に存在しているわけではないですよね。その事実を受け入れたうえで、あるものを活かしてシーンを作っていく。そういうスタンスも含めて興味深く感じました。おそらく過去に濱口さんの作品を観てきた人ほど、驚きのある映画になっているんじゃないかなと思います。

映画に取り憑かれた出合いはあの名作のPART2

小川　ところで濱口さんはどんな小説や映画に影響を受けてこられたのでしょうか。

濱口　そこまで読書家だったわけではないですが、子どもの頃からそれなりに読む方ではありました。親が買ってくれた学習マンガで歴史にそこそこハマったり、神話っぽいものにハマったり、世界文学全集を読んだりとか、それくらいですが。

小川　当時、夢中になった小説は？

濱口　アニメの影響もありますが、世界文学全集で読んだアレクサンドル・デュマの『三銃士』、セルバンテスの『ドン・キホーテ』、ユーゴーの『レ・ミゼラブル』は、児童向けに短くされたバージョンだとは思いますが面白く読みました。

小川　映画はどうでしたか？

濱口　人生で初めて夢中になった映画は、『バック・トゥ・ザ・フューチャー』（以下、BTTF）

PART2』でした。当時、『週刊少年ジャンプ』で公開直前の『BTTF』が特集されていて、全然知らない映画だしPART1も観ていないけど面白そうだなと思って映画館に観に行ったら、めちゃめちゃ面白かった。それでPART1も観てみたら、やっぱりこっちもめちゃめちゃ面白い。もう「めちゃめちゃ面白い」サイクルがずっと回っている！みたいな衝撃があって、そこで初めて映画ってこんなにワクワクできて面白いんだなと実感したように思います。だからPART3も心待ちにしていましたね。

小川　『BTTF』で映画の面白さに目覚めた少年が、自分も映画監督になろう、と考えるようになったのはいつ頃だったのでしょうか。

濱口　22、23歳くらいの頃でしょうか。僕、大学に5年間通っていたんですが、卒業するときに進路を決めなきゃいけないじゃないですか。でも学生時代は映画を観る以外のことをほとんど何もしていなかったので、やりたいことが何もなかったんです。公務員試験を受ける気持ちにもなれないし、やっぱり映像の道で生きていきたいな、という消去法的に映画制作の道に入った感じです。

小川　僕も同じく消去法で「自分が時間を費やしてきたことは小説くらいかな」という動機で

今ここに至る、みたいな感じなのですごくわかります。もう他に生き方が見つけられないから、これでいくしかないというか。渋々とかじゃないんですけどね。

濱口　わかります。放り出されるように社会に出て、手持ちの駒で戦うのであればこれかなと選んだものが、結果的にたまたま能力があって良かった、という感じですね。

スピルバーグにはなれなくても違う道はある

小川　大学時代は「映画を観る以外のことをほとんど何もしていなかった」そうですが、『BTTF』以外にも映画監督としてのご自身に影響を与えた作品を挙げるとすれば？

濱口　ジョン・カサヴェテス監督の『ハズバンズ』には非常に衝撃を受けました。3人の中年男たちがひたすら乱行を繰り広げる話なんですけど、生きるということ、生活するということはこういうものを確実に含んでいるのだろうな、と20歳くらいの頃に感じ入った作品です。自分にスティーブン・スピルバーグのようになって『BTTF』のようなめちゃくちゃ面白い映画を作れる気はまったくしませんでしたが、生活の中にあるものを取り出して、それを映画にすることはできるんじゃないか。そんな感覚を抱かせてくれたのが『ハズバンズ』でした。もう一人、フランスのエリック・ロメール監督の作品にも影響を受けました。1980年代に公開された『海辺のポーリーヌ』『緑の光線』は、登場人物たちの会話がとにかく多い、お喋りの映画なのですが、自分が映画を作っていきたいと考えたときに、ビジュアル的な発想は浮かばないけれどもセリフを書くところからなら発想できたんですね。セリフによって登場人物たちをいきいきとさせ、そこから感情を溢れさせることなら自分にもできるかもしれない。そういう道の可能性を教えてくれたのがロメールでした。

小川 お話を伺っていると、濱口作品に漂う雰囲気との共通点が確かに見えてきます。濱口さんが映画を作るときって、どんな風に着想されることが多いですか?

濱口 『偶然と想像』のような短編集の場合、日常の面白い発見や、社会を反映しているようなネタがひとつあれば、そこから発展させていくことが多いですね。『悪は存在しない』の場合は、中核となるテーマ、現代性を映し出したものが見つかったと思える瞬間に、そこから物語を立ち上げていくような感じです。過去に原作が小説の作品を映像化したときは、「原作があるってものすごくありがたいことだな」と実感しました。小説家の方が組み上げた物語世界や登場人物をお借りして、屋台骨がある段階から作るわけですから。ただ、僕はまだ長編小説のような世界をつくったことはないんですね。だから、逆に小説家の人たちはどうやって独力でひとつの物語世界を組み上げているのかを知りたいです。

小川　僕は、自分が思いつくようなことは基本的に誰でも思いつくだろう、という気持ちがあるんです。どうしたって凡庸であることは避けられない。映画のように演者もカメラ技術も使えない小説世界で、じゃあその凡庸さをどう突破すればいいのかということはいろいろ考えてみたのですが、僕の場合はパッと思いついたことをとりあえず書いてみるんです。つまり、自分が書こうとして書いたものよりも、書いてしまったものを重要視する。たとえば、ある人物が移動するシーンを書かなきゃいけないとして、タクシーに乗ったとする。そこで、タクシーの運転手と会話が始まったら、じゃあこの運転手ってどんな過去を持って、どんな経緯でタクシーの運転手になったのかを考えてみる。このとき現れたタクシーの運転手は、僕が最初に構築したプロットにはいなかったキャラクターなんですよ。そういうキャラクターを物語に参加させることで、いろんな複雑さ、テーマのレイヤーや構図が生まれ、最初に思い浮かんだ定型から外れていく……。僕が小説を書くときはそんなイメージですね。

濱口　……今のお話、めちゃくちゃ面白いですね。今後、自分が映画を作るときにも参考にしたいです。

小川　小説の場合は、無限の素材を自分で作れるし、何度でもトライ・アンド・エラーができるんですよ。もちろん、それが上手い具合に複雑なレイヤーや構図にならずに全部台なし、みたいになることもあるんですけど。

『悪は存在しない』のか？

濱口　『ゲームの王国』や『地図と拳』など、小川さんの小説はどれもめちゃくちゃ面白いのですが、巻末の参考文献の量にも圧倒されます。ここまで分厚いリサーチをしないと、こういう立体的な世界は生まれないのだな、と感じましたね。

小川　リサーチをたくさんすると、活かしたいディテールもどんどん集まってくるじゃないですか。それを作品の中にどう埋め込もうかな、と考える作業が楽しくて好きなんです。

濱口　今の話ですごく納得したのですが、小川さんの小説からはフィクションへの強い意志のようなものが感じられますね。リサーチはリアリティを担保するためでもあり、同時に構築すべきフィクションのための土台でもある。リアリティを突破して自分が描きたいフィクションにどう到達するか、その熱量がすごいなという印象を僕は持っています。

小川　いや、濱口さんにそう言ってもらえると恐縮というか光栄です。対談の最後にもう一度、『悪は存在しない』についてお聞きしたいのですが、この作品で濱口さんが新しく挑戦されたのはどんなことでしたか？

濱口　最終的には石橋英子さんのライブパフォーマンス用の無声映像になることが決まっていたので、セリフが元々少ないんですよ。少ないセリフでも魅力を発揮する映像をどう撮るか、石橋さんの音楽と調和するのはどんな映像か、という点については考えました。冒頭の木を見上げている場面などは、石橋さんの音楽をイメージしています。彼女の音楽自体、ああいった細かいレイヤーから成り立っているので、枝がいくつものレイヤーになっている風景を撮ることで、一種のカメラを通した映像的な翻訳のようなものを試みています。カメラの視点ってすごく面白いんです。三脚に据えるとまったくブレがない視点が生まれるのですが、それって実は日常にはもはや存在しない視点なんですよ。そうすると、日常では気付かないような微細な動きも映像に入ってくるようになる。細かいひとつの動きが観客の中で事件になるように、そんなイメージで撮影しました。

小川　『悪は存在しない』というタイトルも印象的ですよね。僕や観客から見れば「いや、あいつら悪じゃん！」と言いたくなるような人が作品中には出てきますが、でもその人たちもいろんな感情を持ちながら仕事をしていることが途中からわかってくる。観終えた後にはいろんな捉え方ができるタイトルだと感じました。このタイトルに至った背景についてもお聞きしていいですか？

濱口　本作のリサーチをしていく中で、自然の中には悪意みたいなものがまったくないなと感じたんですね。マイナス10℃の住まいに放っておかれたら人は死んでしまうけど、それは自然が悪意を持って人間を攻撃しているわけではない。自然をモチーフにすると決めたことで、そういう自然に対してまず自分が思ったことがひとつ。それから、「悪は存在しない」と言われたら、おそらく多くの人は「えっ！」「嘘だろう？」となりますよね。その現実認識とのギャップが面白いなと思いましたし、この物語でもラストに至っては『悪は存在しない』というタイトルと物語の緊張関係が最大限に高まりひきちぎられそうになる瞬間を描いています。そのあたりを楽しんで観てもらえたらと思います。

〈芸人・小説家〉

加納愛子（Aマッソ）

小説という大喜利の世界

加納愛子
（かのう・あいこ）

1989年、大阪府生まれ。芸人、作家。芸名は加納。作家名義は加納愛子。2010年、幼馴染の村上愛とお笑いコンビ「Aマッソ」を結成。主にツッコミとネタ作りを担当。著作にエッセイ集『イルカも泳ぐわい。』『行儀は悪いが天気は良い』、小説集『これはちゃうか』。ドラマ『スナック女子にハイボールを』では単独で初の連続ドラマ脚本を担当。テレビ、ラジオでも活躍中。

【放送時のプレイリスト】

『時間旅行少女』クジラ夜の街
『汽車に乗って』YUKI
『now（feat.SIRUP）』showmore
『Magnolia』Eric Clapton & Friends

誰かに嫌なことをした角度って意外と書けない

小川　芸人であり、文筆活動も精力的にされていらっしゃる加納さんと、今日はお笑いと小説でいろんなことをクロスして考えられるんじゃないかなと思っているんです。加納さんは2010年に幼馴染の村上愛さんとお笑いコンビAマッソを結成。コンビとして活躍するなか、20年に最初のエッセイ集『イルカも泳ぐわい。』、22年に初の小説集『これはちゃうか』、そして23年に2作目のエッセイ集『行儀は悪いが天気は良い』を刊行されていらっしゃいます。

加納　ご丁寧に、ありがとうございます。

小川　『行儀は悪いが天気は良い』を読み、加納さんは濃厚な子ども時代を過ごしたっていう感じがしたんですけど、自分がちょっと変わった家庭にいるという自覚はありましたか？

加納　なかったですね。ちょっと大きくなって、外に出るようになり、経済的に豊かな家庭の子が「両親とは喋らない」と言ったことで「あ、うちはちょっと喋りすぎていたな」と気づいた感じですね。

小川　僕もいまだに自分を変なやつだとは思っていないんですけど、文章を書いたりすると、「え、そんなこと考えているの?」みたいに言われて。「え? みんな、考えていないの?」ということが結構あったりするんです。

加納　『君が手にするはずだった黄金について』を読んで、それ、すごい感じました。自分のことを変だと思っていない人の変さが出ていましたね。

小川　そうですかね。で、加納さんは本の中で、自分の良さを明るさという風におっしゃっているんですけど、どういうところでそう思うんですかね。

加納　日々ちょっと落ち込むこととか、だるいなって思うことあるじゃないですか。むかつくでもいいんですけど、負の感情みたいなものを私は翌日に持ち越せないというか、感情の浮力みたいなのが働いちゃうんですよ。これはさすがに下まで行くぞって予感はあるんですけど、なんか浮力があって、ああ、上がってる、上がってるっていう。

小川　なるほど。『行儀は悪いが天気は良い』でも、つらかった思い出はそんなに書かれていないですよね。僕も自分の嫌なこと、すぐ忘れちゃうんですよね。嫌だったことを思い出そうとしてもなかなか思い出せなくて、楽しかったこととか、不思議に思ったこととか、そういうことばっかり記憶に残っている。そういうのって関係するんですかね。

加納　いや、しますね。あと別の角度でいうと、自分が誰かに嫌なことをしたことをホンマは書きたいんですよ。これは自虐ではないんですけど、嫌なことをしたっていう角度って意外と書けない。感情も動くし、出来事としては大きいから書きたいけど、上手いこと書かれへん。私、さくらももこさんが大好きなんで、軽やかな自虐みたいなのに憧れるんですけど、その出来事と見合っていないときがあるんですよね。

小川　読み手がどういう風に思うかなっていうところも、ちょっと想像がつかなかったりするし。それはなかなか書くの難しいかもしれないですね。でも小説だったらたぶん、書くことができると思う。ぜひそれ、小説で書いてほしいですね。

大喜利は小説を書くのにすごく役立つかもしれない

小川　この本の中で、芸人は自分の天職ではないということをおっしゃっていて。それ、どのあたりに思っているんですか？

加納　私、まともやと思っていて、あんまりこう、外れた人間ではないっていうか。芸人の中には尋常じゃなく変なやつがいっぱいいるので。周りを見てるとそう思いますね。

小川　文章を書くのって、ある種どこかまともじゃないといけないところもあるんですよね。正確に自分の意図が読み手に伝わらなきゃいけないから。でも文章を面白くするためには、いろんな技術や要素がいる。加納さんの文章を読んで思ったのは、お笑いをするなかに、そうしたものが潜んでいるということでした。何かの景色や人物をどう描くかとか、その物事をどう表現するかというのは一種の大喜利なんじゃないかなと。

加納　そうですね。自分がその角度で見ているってことを言いたいわけですからね。

小川　その角度がちょっと人と違ったり、予期していない角度だったりすると面白いわけですよね。だけど離れすぎていると伝わらない。大喜利ってたぶん、近いと遠いのぎりぎりのゾーンを考えることだと思うんです。この中で、加納さんが大喜利をよくやっていたという話も書いてあって、ひょっとしたら大喜利は小説を書くのにすごく役立つのかもと思ったんです。

加納 そうですね。テーマから何から類似のものがあったら手を出さないみたいなのってあるじゃないですか。それは近いからですよね。でも世間が読みたいと思ってくれないと売れない。「読みたい」のラインは守りつつ、自分が書く意味みたいなところを探すってことですよね。

小川 お笑いもどれだけの人数に届けるか。目の前のお客さんが笑ってくれれば、世間が笑ってくれなくてもいいという覚悟で、本質的に面白いものをやるっていう人もいらっしゃると思うんですけど、小説も構造としてはそれと似ているのかなと。

加納 私は今までやっていないことにとっかかりを作っちゃうんです。すると自分が追い込まれる。やったことを寄せ集めて違う色を付ければええのに、せえへん。だからいつもイチかバチかですよ。この芸歴でも毎回まぁまぁスベるんですけど、そうしてる自分をちょっと肯定したいみたいなところもあるんやろうなって。

小川　僕も同じ手法や同じ題材は2回扱わない。そういう意味では同じかもしれないですね。これもお笑いと小説の話なんですけど、オーソドックスな売れ方だっけな？　なんかそういう表現ありましたよね？

加納　あー、スタンダードコースですね。

小川　スタンダードコースっていうの、芸人さんが言っていて。これ、小説にもあるよなって。だから僕は、『M-1グランプリ』とか『キングオブコント』を観るとき、芥川賞とか直木賞と比較してみるわけなんです。そうすると、結構似てるところが多くて。どっちも現役の実作者が評価するんですが、普通あんあんまり無いですよね。

加納　無いですね。

小川　賞を取ると、すごく仕事が増えたり、キャリアの中で重要なものになるわけじゃないですか。そういうところもすごく似てて。もちろん『M-1グランプリ』や『キングオブコント』を取らなくても、活躍していらっしゃるコンビもいっぱいいるわけじゃないですか。小説もそうで、賞を取らなくても活躍している作家の人は大勢いる。でも一番違うなと思うのは、お笑いって、コンビとかトリオだったりもするんですけど、相方がいることが多いわけですよね。小説ってひとりで書くものなので、そこが根本的に違うところなのかなと思ったりもするんです。たとえば、加納さんは文章を書く仕事、ひとりでやっていらっしゃるじゃないですか。そこはAマッソとしてやっているという感覚は無いという感じなんですか？

加納　無いと言えば嘘かな。やっぱり私たちのファンの方がまず最初に読むだろうし、というのは念頭にあるし、エッセイの場合は書いたことで、「あいつ、こういうことを書いているやつだ」っていうのを極度に思われるものはちょっと避けてしまってたりするのかもしれない。でもその辺のストッパーは小説には無いですね。小説はフィクションだから。

小川　じゃあ、エッセイを書くときと小説を書くときは、明確に違う？

加納　違いますね。小説の方がある種、素直というか。なんか変な話ですけど。

小川　ネタを作るときとエッセイを書くときはまた違うんですか？

加納　ネタは身体的なものなので限界があるんです。たとえば「おっさんだー！」って言ったとしても、「いや、そう見えへんから！」って言われたらもうおしまいだから。体の有限性みたいなものを窮屈に感じるときはありますね。

小川　ネタを考えているときは、どういう風に頭を働かせているんですか？

加納　台本的な考え方ですね。あいつの声を入れて、自分の声を入れてって、順番に。

小川　自分が何を喋ったら一番面白いだろうか？みたいな。で、相方がどういう返しをしたら面白いだろうか、みたいな。

加納　そうです、そうです。

小川　加納さんは、喋っているときと文章を書くときで、実はやっていることがそんなに自分の中では変わりがないみたいなことをおっしゃっているので、いってみればラジオで話すとかに近いんですかね、エッセイを書いたりするときは。

加納　そうですね。やっているものというか、私はその興奮度みたいなことですね、たぶん。満足度みたいな。「いや、でも本業は芸人なんで！」みたいなところがないというか、文章を書いたときもテンション上がっているしっていう感じですね。

小説家には今、「スタンダードコース」しかない

加納　私、YouTubeをやるときもメディアミックス的なものが好きで、映像漫才を作ってみたり、YouTubeをあまりやらない役者さんを呼ぶとか、芸人じゃないやつ呼ぶとか。芸人って、そういう意味でいうと、賞レースなどを追いかけてる過程も商品化する人、いるじゃないですか。

小川　いますね。

加納　小説家さんってそれ、無いですよね。作品がすべてだし、たとえば「作業用」とかいっ

て執筆してるところをYouTubeで流すみたいな小説家さん、まだ出てきていないですよね。

小川　出てくるんじゃないですか、いつかはね。まぁ、わからないですね。

加納　小川さんは、たとえば映画化であるとか、小説からの広がりに興味はありますか？

小川　すごく興味あります。小説というひとつの商品をどうやって人に届けるか、どうやったらひとりの人に深く届けられるかというのは常に考えていることで。それは単純に本が売れなくなってきているからというのもあるけど、小説を読んで感動する気持ち自体は時代を超えてあり続けると思うんですよね。それをどうやってより楽しんでもらうかというのはいつも考えています。たとえばミュージシャンって、CDが売れなくなってからも、ライブと物販で生計を立てられるじゃないですか。でも小説家ってライブも物販も無いんですよね。

加納　無いですね。

小川　小説家は本を売るしかない、自分が書いた文字をお金にするしかないんです。そうすると、生活できる小説家のタイプっていうのは限られてしまうんですね。でもそれこそさっきの話じゃないけど、書いている様子が面白い人や、人間自体が面白くてそこに需要がある人もいるかもしれない。小説家がいろんな形で生活できるようになるといいなと思うんです。そうすればいろんなタイプの小説が生まれるし、本を売らなきゃいけないというプレッシャーからも解放されるし……。

加納　書きたいものを書ける。

小川　そう。いったら今はスタンダードなコースしか小説家には無いから、いろんなコースがあったらいいなと。自分は恥ずかしいんで執筆中の様子をYouTubeで流したりはあまりしたくないですけど、小説家が持っている才能を何らかの形で活かせないかなと。

「大喜利、強っ！」の海外作家、そして岸本佐知子さん

小川　子どもの頃はどういうタイプの小説を読んでいたんですか？

加納　本当に児童書やった気がします、「ドリトル先生」シリーズとか。中学生のときに「ハリー・ポッター」シリーズが流行って読んでましたね。みんなが読んでいたものを読んでいた気がします。

小川　自分で選んだ本を読むようになってから、最初にハマった作家とかっていたりします？

加納　高校生のとき、司馬遼太郎さんにハマって、歴史小説を読み出しました。『竜馬がゆく』から入って。そこから全部読まなければいけないんじゃないかって思ったんですよ。戦国時代、幕末を読み、「これは明治、昭和も読まないといけないのでは？」みたいな。で、半藤一利さん、海音寺潮五郎さんにもいって、勝手に責務みたいな感じで現代まで読みました。前後の流れがわからんみたいなのあるじゃないですか。これを受けてのこの時代みたいなんがわからんから。

小川　歴史を読むときってそうですよね。自分に大きな変化というか、影響を与えた作家は？

加納　岸本佐知子さんとの出会いというか、知ったときに大きく変わったなって感じでしたね。

小川　エッセイですか？　翻訳ですか？

加納　エッセイから入り、岸本さんの翻訳書を読み出してから、海外文学ってこんな面白いんだ！と気付いたんです。ジョージ・ソーンダーズが衝撃的でしたね。

小川　ソーンダーズはね、本当にもう、ユーモア作家というかね。

加納　「大喜利、強っ！」って思った。芸人の感覚としては、それ、ちょっと悔しかったというか。

小川　毎シーン毎シーンでとんでもない大喜利、誰も考えたことないような大喜利をして、それをお話としてまとめ上げる。でもその背後には結構シリアスなテーマがあったりもして。さらに、それを翻訳した岸本さんご本人が、大喜利強いじゃないですか。

加納　そうなんですよ。私いつも、新しく出会った方がいると、「この人、自分のクラスにいた人にたとえると、誰やったかな」って考える癖があるんです。岸本さんのエッセイ、そして岸本さんが訳したソーンダーズを読んだとき、「なんでこんな大喜利おもろいやつが小説家になる？　お笑い担当のあいつが小説書くようになったってこと？」って思いました。

小川　大喜利は得意だけど、ちょっと人と話すのが苦手とか、人前に立ちたくないよっていう子は案外、ソーンダーズみたいな小説家になるかもしれないですよね。岸本さん、変な海外小説をどんどん見つけてくるし、その大喜利の設定に最強の答えを出してきますよね。確かにそういう観点はなかったかもしれない。今、なるほどって腑に落ちました。ちなみにリチャード・ブローティガンって読んだことあります？

加納　『芝生の復讐』。

小川　はい！　僕の中で、ブローティガンの大喜利が最強！

加納　ちょっとファンタジーが強いですよね。

小川　そうですね。ブローティガンも大喜利作家ですよね。大喜利作家とか言っていいのかわかんないけど（笑）。

加納　いや、マジでそうです、大喜利作家（笑）。

小川　ちなみにこういう本が好きになりやすいという傾向はありますか？

加納　やっぱり大喜利本というか、何も起こらない本。

小川　表現が毎行、毎行、大喜利を仕掛けてくるような。

加納　「この後、どうなるんやろ」みたいな本ってすごいと思うんですけど、自分には無理すぎて嫉妬しないんですよ。でも大喜利本はやっぱり、「もうやめてよ！　面白いじゃん」ってなっちゃう。

小川　わかるわかる。この景色をこういう風に表現するんだとか、こういう日常的な風景のここを切り取るんだとか、そういうのって日本でも純文学だったり、海外の良質な小説とか、本当に質が高いものは毎行、毎行、驚きますよね。じゃあ、逆にちょっと苦手というか、これまで食わず嫌いで読んだことがないというジャンルはあったりします？

加納　ホラーはダメですね、怖いんで。でもホラー作家の方とお仕事を何回かさせてもらったんですけど、やっぱりちょっと大喜利なんですよね。

小川　笑いと恐怖って、感情の方向性が違うけど、本当に怖い場面ってちょっと笑えたりする。

自分に抗うように、すごく暗いものを書きたい

小川　ちなみに最近、芸人の方が小説やエッセイを書くことがすごく増えていますけど、同業者の文章は読んでいます？

加納　読みますね。やっぱり好きな芸人が書いたのは読んじゃう。

小川　やっぱりすごい！とか、ここはこの人らしいなと感じる部分があったりするんですか？

加納　無茶苦茶文章下手だけど、無茶苦茶面白いのがあったりして、めっちゃ芸人だなって思ったり、「え？　この人、こんなに文章、上手かったん⁉」というのもあります。

小川　ちなみに「この人、こんな上手かったん!?」って思った人って誰ですか？

加納　えーっと、ニシダ。ラランドの。あと、上手いやろうなと思いながら、ほんまにめちゃくちゃ好きやったんは、笑い飯の哲夫さん。『銀色の青』っていう小説、すごかったな。

小川　お笑いで使うために鍛えている筋肉が文章を書くときにも実は使えるんじゃないかっていう理論も、そこで証明されているのかもしれない。芸人さんの本って、すごく小説っぽい小説が多いじゃないですか。でも、それこそソーンダーズみたいに大喜利を仕掛けてくるタイプの作品を書く人はあんまりいないですよね。

加納　恥ずかしいんじゃないですかね。たとえば、おもろいことがあって、どこにアウトプットするかっていうとき、小説にはいかなかったりするんかな。

小川　でも海外の文学を読んでいると、これ、口に出して言っても面白くないけど、小説とか文章で書くと面白いなっていう表現って確実にあるじゃないですか。たとえば大喜利の実際の場で口にして喋ったときはあんまりウケなかったけど、文字によって頭の中でイメージすると、時間はかかるかもしれないけど面白さがわかるみたいな笑いもあると思うんですよね、遅効性の毒みたいな。だからお笑い芸人の人もそういう発想で、小説や文章も書いてくれると面白いんだけどな、腹を抱えて笑うような小説を書いてくれないかなって思いますね。加納さんは今後、小説や脚本で扱ってみたいテーマはありますか？

加納　自分に抗うようですけど、すごく暗いものを書きたいですね。暗くて面白いものを。

小川　いいですね。ホラーが苦手な人とか明るい人が暗いの書いたりすると、すごく面白いものができるっていう、僕の経験則があるというか。僕の友達、すごくうどんが嫌いなんですよ。そのめっちゃうどん嫌いな友達が、「ここのうどんは結構食えた」って言ってたうどん屋さんに行ったら、ほんとに美味しかったことがあったんで、ひたすら明るい人が暗いの書くって、うどん嫌いがうどん屋さんをおすすめするみたいな感じで。

加納　なんでその人、めっちゃ嫌いなうどん、食ってみようって思ったんやろ。

小川　「ここでまずかったら、本当にお前、うどん嫌いって言っていい」みたいな、だるい絡みをされて、食ったら確かにちょっと美味しかったみたいなことを言っていましたね。だから僕は、そいつに全国のうどん屋を回ってレビューを書けと言っているんです。

加納　地獄やな。

小川　ここはまずい、やっぱ食えないとか、ここは確かに食えるとか、それ、本にしたらたぶんみんな欲しがるんじゃないかなって。

〈マンガ家〉

福本伸行

読者と共鳴し合うマンガを目指して

福本伸行
（ふくもと・のぶゆき）

1958年、神奈川県生まれ。1980年『月刊少年チャンピオン』にて「よろしく純情大将」でデビュー。『賭博黙示録カイジ』をはじめとする「カイジ」シリーズ、『天　天和通りの快男児』『アカギ〜闇に降り立った天才〜』『銀と金』『最強伝説黒沢』『賭博覇王伝 零』『闇麻のマミヤ』などヒット作多数。現在『週刊モーニング』で『二階堂地獄ゴルフ』を連載中。

【放送時のプレイリスト】

『本日のおすすめ』離婚伝説
『us. feat. Taylor Swift』Gracie Abrams
『feelslikeimfallinginlove』Coldplay
『透明』Laura day romance

二階堂に背負わせた〝十字架〟

小川　福本伸行さんは『アカギ～闇に降り立った天才～』『賭博黙示録カイジ』など、日本のギャンブルマンガ界のトップランナーとしてご活躍中です。実は僕、高校生のときからずっと福本さんの大ファンで、最初に読んだのは『アカギ』だったんです。昨年から『週刊モーニング』で連載されていらっしゃる『二階堂地獄ゴルフ』は最近、僕の中で熱い作品。プロゴルファーを目指す主人公、二階堂進は20代半ばからプロテストを受け続けているけれど、何度受けても合格しない。最初は応援していた周りの人たちも次第にそっぽを向く中、プロテストに向き合い、時には逃避するという、まさに地獄のストーリー。この作品、僕と仲のいい作家の間でも話題になっていまして。これ、全員、何者かになりたい人たちの話なんですよね。ゴルフを通じ、痛々しさと崇高さみたいなものが分かりすぎるくらい描かれているということで、みんなすごく話題にしていたんですけど、このマンガを始めるにあたって、そういうイメージはありましたか？

福本　うまくいかない男の話を描く、というイメージでしたね。３巻とその先で少しわかってくるんですけど、ある魔法を二階堂が手に入れ、実はその魔法は、随分前から使用することが可能だったんだけど、気がつかなかった。気付いた後、それを使うか、使わないか、使うとしたらどのくらい使うのか、キリストが十字架を背負っているみたいな、やっちゃいけないんだけどやってしまう葛藤や躊躇を。使うことによって世間的にはすごく良いことが起き、みんなからチヤホヤされるけど、実は忸怩たる思いを抱えている世界って絶対に面白い。ただそのためには、まずこの男に苦しい時代がないとそれが生きてこないと思って。さらに上手くいってないのに続けることって実はすごいことなんじゃないか、という気持ちが僕にはある。そういう人への応援歌という要素もあります。

小川　『賭博黙示録カイジ』にもキリスト教の黙示録という言葉が使われていますけど、損得を超越した道徳や価値観みたいなものを主人公が持っていて、それがその人の弱みや強みになったりすることを福本さんは何度も描いてきている気がする。二階堂が使えるようになる魔法も、本人がすごく試される魔法なわけですよね。そういうところの是非は大きな問題になってくる感じですか？

福本　たとえばアカギというキャラクターがいて、まあ、すごくカッコよくて、仮にここで殺されても自分の言い分を通すみたいなことをするんですよね。本来、降参しちゃう方が人間らしいわけなんですけど、アカギのような、ちょっとついていけないぐらいの潔さに、僕自身、憧れちゃうところがあるんですよ。昔よく、編集の方に「主人公の履歴書を書け」と言われ、ちょっとやっていたときもあったんですけど、逆にそれはよろしくない行為なんじゃないかと。僕はそこに人間がポッと立ち上がって、存在している雰囲気や空気を感じられれば、履歴書なんかどうでもよくて、「二階堂ってこういう男、こういうイメージ」「アカギってこういうやつなんだよ」という雰囲気を明確に出せれば、それが一番いいのではないかと。その妄想というか、想像を大事にしていますね。

小川　二階堂という人間が立ち上がっていれば、読み手の中に、「このキャラクターはこういう人生を歩んできたんだろうな」ということが投影できる。確かにそうですね。

福本　普通の人間関係でも、その人の過去はわからないわけじゃないですか。でも会ってみた雰囲気で、こういう人なんじゃないかって、ある程度わかる。それが大事だなって。マンガに出てくる人間も紙面から伝わる「たぶんこいつ、こういうやつなんじゃないか？」ということを感じさせるキャラクターが描けていればそれで十分だと思いますね。

小川　キャラクターは最初に決めちゃうと、その人物の余地というか、可能性自体を狭めてしまう感じがするんです。僕も小説を書くとき、キャラクターの特徴みたいなものは一切、書かないんです。全体の始まりから終わりまでどうするかという設計図も。

福本　僕はギャンブルマンガの流れを組むときは、まず展開を決めるんですよ。ギャンブルはやっぱりカタルシス。最後勝つ……、意外な盲点をついて勝つとか、それが重要なので、そこは最初に決めます。決めるんだけど、いろんな人間と知り合っていく中で、その主人公からこぼれ出るセリフだったり、表情だったり、そこには確かに余地がある。あと、もうひとつ、ちょっとしたルールっていうか、僕が描くと気がつくとそうなっちゃうんですけど、本当の巨悪って幼児化するという（笑）。

小川　あはは（笑）。はい。

福本　本当のトップは幼児化していて、その途中に切れ者が配置されているんです。

小川　ちなみに、ゴルフにしたのはどういう理由からだったんですか？

福本　一番大きな理由は、この二階堂の特別な能力というのは、実にゴルフでしか使えないんです。ちょっとしか戻れないけど、2回やればほぼ失敗しない結果が出せるのって、スポーツではまあゴルフかな……ゴルフが一番かなと。

小川　5秒間ぐらい時間を戻してやり直せるということが、ゴルフという競技にとって、プロとアマチュアをひっくり返すレベルのすごいことなんだというのが、読んでいてわかりました。ただ二階堂は、そこでこの魔法を使ってよいのかどうか悩みますよね。

福本　その躊躇は、さっきも言ったキリストの十字架のようなイメージを僕は持っていて。言い方を変えると、人間とは何か、正しさとは何かという大仰なテーマも表現できるというか。

小川　福本作品って、極限状態でこう考えてしまうとか、優秀がゆえにこう考える、愚かなゆえにこう考えるとか、人間の心理や選択が深く描かれていると僕は思っていて、だからこそゴルフでもう一回やり直せるというのはすごく福本ギャンブルマンガっぽい。

福本　超能力物って、超能力を持った瞬間から、それを使うことに主人公が一切躊躇しないものが結構多いんですけど、ゴルフというものの、そもそもの精神っていうのかな、1回しか打てないというところにその真髄があるのだから。能天気にバンバン使うわけにもいかず……。

小川　二階堂の能力をそういう形で悩ませるのはすごいなと思いました。これはでも、3巻の前までの仕込みがあるからこそ成立する悩みというか。

福本　1話目からその能力を使ったとなると、なんとも浅いというか。「あ、ラッキー!」みたいな話になっちゃうわけでしょ。そうじゃないんだよな、と。

小川　使うか使わないかとか、どういうタイミングで使うのかとか。絶対に使えよってときに使わなかったり、そこで使っても意味ないだろっていうところで使ったり、二階堂のこの能力について、読者の想像がいろんなところに広がっていくのも今後、楽しみだなと思っています。

マンガは自分の中で〝小説寄り〟

小川　福本さん、本は読まれますか?

福本　この間、『地図と拳』というすごい分厚い本を。面白かったです。

小川　僕の本ですね。申し訳ないです、お忙しいのに。

福本　この本を読んで、自分は何も知らなかったんだなと思いました。第二次世界大戦の前、日本は日清・日露戦争に勝利して、その後統治はしていたけれど、戦争というほどのことはしていない……という認識だったんです。パールハーバーで急に大戦に突入したっていう感覚だったけど、日本はそれまでも延々と戦争をしていたんですね。もちろん小説だから、フィクションが幾ばくか入っているのはわかるんですけど、すごい勉強になったし、本当に思ったのは、戦争だけはどんなことがあっても、絶対にやらないようにしていかなければならない。心からそう思いました。

小川　『地図と拳』で、実は福本さんのやり方みたいなものを僕なりに模倣しているというか、いろいろ盗んでいるところもあるんです。たとえば歴史小説を書くとき、何が一番問題になるかというと、たとえば戦いの勝敗をはじめ、ある種のネタバレをしているんですよね。日本が第二次世界大戦に負けることはみんな知っている。負けることがわかっているその戦いをどうやって読者に楽しんでもらうかと考えたとき、パッと思い浮かんだのがアカギだったんです。アカギって、どんなにピンチに陥っても絶対に勝つじゃないですか。絶対勝つという安心感の中、つまり結果がわかっている中で、読者をどうやってハラハラさせるか、どうやって楽しませるかみたいな表現方法がそこにはあると思って。そこで何か工夫された点はありましたか？

福本　確かに結論からいうと、アカギが負けたり、負けたとしても死ぬことはあり得ない。結局アカギと、彼と互角で戦う鷲巣の魅力で引っぱっているんでしょうね。ここでアカギはどんなことを言うのかっていうこととか。読者はアカギが負けないということは分かっているけど、そのときのアカギは、自分は死ぬかもしれないとも思っているわけじゃないですか。アカギを好きな人って、本当に彼のことがすごく好きで、特に女性で好きな人がおられて。「先生、アカギみたいな人はどこにいるんですか？」ってよく訊かれるんですけど、僕は「目を覚ませ！」「そんな人はいないんだ！」と言うんです。そこはどうかマンガの世界だけで楽しんでもらえれば……と。

小川　福本さんのマンガの特徴って、これまでマンガで使われてこなかった言葉をいっぱい輸入してきていることだと思うんです。幼い頃から本を読んだり、いろんなものを見てきたからこそ、それができているのかなと思うのですが、子どもの頃から本は読んでいらっしゃったのですか？

福本 若い頃はある程度読んだけど、途中からスパッと読まなくなって。最近も読んでいないですけど、〝さんろう〟は読みましたね。〝さんろう〟というのは、沢木耕太郎、山本周五郎、司馬遼太郎。

小川 じゃあ、すごく特徴的なあの言葉の言い回しは、そういった昔読んだ本とか、普段、目にしているものから湧き出てくる感じなんですか？

福本 僕、小説を読んでいると、鉛筆で線を引いちゃうんですよ、カッコいいセリフに。「おっ！ 山本周五郎の小説のこのセリフ、ちょっとカッコいいなぁ！」とか思いながら。

小川 パンチラインというか、福本作品って絵を全部取っ払うとヒップホップみたいな感じがするんです。同じ意味の言葉を3回ぐらい繰り返したり、ちょっと韻を踏んだり。あと、福本さん自身がダジャレもすごく好きじゃないですか。

福本　コマ割りで絵があって、読んでいく流れの中のリズムやテンポはすごく考えますね。実は僕のマンガ、セリフがすごく多いマンガなんですよ。だけどわりとスッと読めちゃうというのは、たとえば同じ意味の言葉の繰り返しによるリズムの良さとか、ある意味無駄ですが、テンポが良ければ使っています。

小川　二字熟語や四字熟語をバンって入れたり、文字をきちんと読み下すというより、そこにある文字の迫力でニュアンスが伝わってくる感じがしますね。福本さんの作品は絵が特徴的だとよく言われますけど、セリフの言葉遣いや言い回しの方が実は特徴的なんじゃないかと。

福本　マンガって小説と映画のどちらに近いか。僕は小説だと思っているんです。絵があるから映画っぽいけど、実はみんな文字を読んでいるんですよ。まず、文字を読み、そこに添えてある絵を見てさらにイメージを広げていく。それに比べ映画は音楽に近いですよね。自分では止められない。小説とマンガは自分のペースで一回止めて、思考を楽しむことができる。楽しむ方向性として、マンガはどちらかといえば小説寄りだと僕は思うんです。

小川　だからこそセリフの言い回し、言葉の選び方に気を使い、計算して描かれている。

福本　はい！

小川　子どもの頃は、どんなマンガを読んでいらっしゃったんですか？

福本　梶原一騎（高森朝雄）原作の『あしたのジョー』や『巨人の星』など、その辺を軸にいろんなものを読んでいたかな。やっぱりスポ根を読んでいたような気がします。石ノ森章太郎さんの作品のようなＳＦ作品ではなく、『夕やけ番長』とか。喧嘩をしたり、スポーツやったりというマンガの方が好きでした。

小川　マンガ家を目指そうと思ったのはいつ頃だったんですか？

福本　本気で目指したのは、高校を卒業し、就職しなきゃいけないとき。で、一度就職したけど、自分が燃えていないというか。一番恐れるべきことはチャレンジして敗れることではなく、18歳から10年が経ち、そこそこ仕事はできるようになった状態。夢を追わなかった28歳になることだと思ったんです。建築の会社を辞め、講談社に持ち込みをして、それは、当然箸にも棒にもかからないものだったので、かざま鋭二先生のところで1年半、アシスタントをしていました。でもまあいうならクビになりまして、そこから1年後にデビューしました。マンガだけで食えるようになったのは24歳からなんですよ。

ギャンブルマンガとの出会い

小川　特に初期の頃は『近代麻雀』など、ギャンブル系のマンガ雑誌で仕事をしていたことが多かったと思うのですが、理由はあったのですか？

福本　あの頃、ギャンブルの月刊誌みたいなマンガ雑誌が、わりと小さな出版社からもたくさん出ていたんですよ。だから仕事が取りやすかったんです。

小川　福本さん自身は、ギャンブルはお好きだったんですか？

福本　普通に好きですけど、本当にハマっている方、おられますよね。そういうタイプではなかったです。

小川　ギャンブルマンガを描く以前の読み切りではどういったマンガを描かれていたんですか？

福本　人情マンガという括りが一番わかりやすいかもしれないですね。『天　天和通りの快男児』で初めて、編集の人に「ちょっと勝負に重きを置いてみない？」と言われ、そっちに舵を切ったら、ゴゴッと良くなっていったという感じですね。

小川　じゃあ『二階堂地獄ゴルフ』や『最強伝説黒沢』の根っこになるような作品を描いていたと。

福本　そもそも『最強伝説黒沢』を描くときに思ったのは、ちょっと笑かすマンガも描けるんだけどな～っていうことで。でもギャンブルしている最中ってギャグを入れられるような状況じゃない、アカギがまさにそうで。なら、別のマンガでギャグ入りのモノを描こうということで描き始めたのが『最強伝説黒沢』というところはありますね。

小川　マンガ家としてすでに成功されている状態で、黒沢のような弱者というか、ああいう男性をディテールまできっちり描かれていて。ひとりの読者として、これはどういう頭の使い方をしてるんだろうと思いました。あれはどうやって描いていたんですか？

福本　根っこにあるのはやはり若い頃の忸怩たる思いですね。僕、バイトをたくさんしていましたから、そうするとちょっと嫌なこともあるじゃないですか。バイクや自転車にお歳暮をいっぱい積んで配りに行くバイトで、荷物を落としたりすると、バイト代が吹っ飛ぶものが中に入っている可能性があるんです。３０００円くらいの海苔だと、「ああ、落としたのが海苔で良かった！」みたいな。何度も落とすものだから「福本から〝すみません〟って言われる」と、また何か落としたんだと思ってドキドキするんだよ！」と所長から言われて。でもその所長さん、「お前、マンガとか言って、夢があっていいな！頑張れよ！」と言ってくれて。まあ浮き沈みというか、上手くいかないこともあったけど、でも夢があってそれを追いかけていてその頃はそれが悪くないなと思ったんですよ。そういうものが反映されていると思います。

作品を通じて読者と共鳴し合うことが楽しい

小川　ご自身に一番近いと思う性格のキャラクターって誰ですか？

福本　カイジか二階堂じゃないかな。

小川　カイジはとにかく重大な選択を迫られる。それが単に損得なだけじゃなく、倫理を問うような選択を迫られるとき、カイジの判断は福本さんに近かったりするということなんでしょうか？

福本　ギャンブルで一番しんどいのは、自分の命だけならまだしも、誰かが乗っかってきて、その人の命を賭けなきゃいけないとき。『カイジ』にもそういうシーンがありますがそういう時、人の好き嫌いでなくこのリーダーの方が、良い判断をする、そんな隊長の下につきたいですよね。そういう気持ちはあります。

小川　ああいう極限状態のときの人間の判断は、翻って日常の考え方に返ってくるんですよね。自分が日常でちっちゃい判断を下してるところの延長線上に、カイジとチャンとマリオの判断や決断があるんだなと感じるシーンが僕にはあって。楽しようかな、手を抜こうかなと思う気持ちを極限まで延ばしていったとき、もし自分が命を賭けたギャンブルをしているとしたら、これで命を落とすんだなという考え方に繋がっていくという気がするんです。福本さんは今後、描いてみたいものはありますか？

福本　『二階堂』をちゃんと描ききる。今ちょっと休ませていただいている「カイジ」シリーズも描ききる。連載を始めた作家として可能な限り、やり遂げたい。新作はどうなのかというのもあるんですけど、『二階堂』もそうだったけど、どうしてもやりたくなったら、ということですね。池に石を投げたら波紋が生まれるじゃないですか。その石を手にしてしまったら投げたくなっちゃうということはあるかなと思っていて。

小川　ずっと作品を描き続けていらっしゃるというのはやりたくなっちゃうという感じなんですか？

福本　僕が描いたカイジならカイジ、アカギならアカギ、二階堂なら二階堂のストーリーは、僕がいなければ、この世に無いわけじゃないですか。僕は『カイジ』なら『カイジ』というちっちゃな宇宙をポンっと世の中に投げている気がするんです。『カイジ』を読み、人生の決断の中で、ちょっと参考にしたり、慰められたり、『二階堂』を読んで、ちょっと泣いたり、怒ったり、笑ったり、そういうことに繋がるクラウドみたいなやつを僕は投げている気がする。それが世の中のみんなと共鳴し合うのが楽しいんです。

小川　作品を発表するということが、ご自身の中で大きいことだと。

福本　世の中の人と繋がれるじゃないですか。いろんな感想を聞けたり、その感じがとても面白いなと。

小川　自分の作品と読者とのコミュニケーションみたいなものを楽しんでいる気持ちを大事にされているのですね。

福本　僕ね、作品を描いて、それがゴールだとは思っていないんです。それが認められ、そこでいろいろあることがゴール。マンガでコミュニティの元というか皆がいろいろ影響しあうクラウドみたいなのが作れればよいなと。そのためには一本一本、毎日のことだけど手を抜かないで、ちゃんと面白いものにしようという気持ちで描いていくことが大事だと思うんですよね。

小川　それは僕も思いますね。つまんないと言われることより、自分の中でちょっと手を抜いたなとわかっているものが世に出て、手を抜いていることがバレるとか、誰かに看破されたりすることの方が、絶対自分の精神に悪いというか。面白くなかったとか、わかんなかったとか、俺には合わなかったというのは人間の好みだから、そんなに気にならないんですけど、自分がもし、その作品に手を抜いていたら絶対に後悔するし、絶対嫌だろうなっていうのはすごく感じています。

福本　感動的なストーリーも悪くないんですが、くだらないギャグやおかしな親父を描くのも僕はスゴク好きで、描いててクスクス笑っちゃうんですよ。それを読者が受け取って、「ああ、こんなジジイいるよな～」「そうだよね～」と言って、一緒に笑えたりしたらいいなと思いながら描いてるんです。

特別対談

〈小説家・アイドル〉
加藤シゲアキ

今、「戦争」を書く意味

加藤シゲアキ
（かとう・しげあき）

1987年、大阪府生まれ。青山学院大学法学部卒業。2012年1月『ピンクとグレー』で作家デビュー。21年『オルタネート』で第42回吉川英治文学新人賞、第8回高校生直木賞を受賞。著書に『閃光スクランブル』『Burn.-バーン-』『傘をもたない蟻たちは』『チュベローズで待ってるAGE22・AGE32』『1と0と加藤シゲアキ』、エッセイ集『できることならスティードで』がある。アイドルグループ「NEWS」のメンバー。

初出：『ダ・ヴィンチ』（KADOKAWA）2024年1月号

一番困難だけど一番楽しい部分

――お二人が顔を合わせるのは、加藤さんがMCをしている『タイプライターズ～物書きの世界～』に、小川さんがゲスト出演して以来（2023年2月放送）だそうですね。

加藤　あの収録のときは、小川さんは僕の『オルタネート』を読んできてくださっていたんですが、「今書いている小説を読んでほしかったな」と密かに思っていたんです。

小川　『なれのはて』、読んできましたよ。

加藤　いや、それをさっき聞いて、びっくりして。まだ本が出ていないじゃないですか（＊対談は『なれのはて』刊行前に行われた）。プルーフ（書籍の刊行前に見本版として制作される冊子）で読んでくださったってことですよね？

小川　講談社に行ったときに、編集者が「良かったら」って渡してくれたんです。廊下で、すれ違いざまに。

加藤　そんなポップに渡さないでほしい！（笑）

小川　いろんな出版社の編集者から、「加藤さんが勝負作を書いている」と聞いていたので、すぐ読みましたよ。まず思ったのは、「加藤さんもついに、小説を書くことの一番困難だけれど、一番楽しい部分に足を踏み入れたな」と。僕個人が小説を書くときに一番楽しいのって、今の自分の力量では書けないなとか、構想が大きすぎてとても処理しきれないな、と思う題材に頭から突っ込んでいくことなんです。それを経験すると、書ける範囲がめちゃくちゃ広がるし、世界が広がる。その繰り返しでやってきた自覚があるんですね。加藤さんも今回、めちゃくちゃ難しい題材に頭から突っ込んでいっているな、と。

加藤　大変でしたね。今まで書いてきた作品とあまりにも違いすぎて、不安も大きかったです。

小川　自分には書けないんじゃないかという題材に突っ込んでいくのって、すんごい怖いしすんごい大変なんだけど、一回やり始めると楽しくなっちゃうんですよね。だから、『なれのはて』っていうタイトルは、加藤シゲアキの「なれのはて」って意味ですよね。作家としてもっと爽やかで健康的な方向に進んでいくこともできたはずなのに、こっちへ来ちゃった。こっちの道へようこそ、みたいな(笑)。

加藤 『オルタネート』が直木賞の候補になっていくつかの文学賞をいただいたことで、誘導された感はありますね。そっちへ行けよ、本気を見せろよ、と。こっちに行くとは、誰も思ってはいなかった気がします。

小川 これ、普通の作家はあんまりやらないんですよ。怖いから1歩目を踏み出さないんだけど、踏んでみると意外とあれ、足場があるぞ、みたいな(笑)。いずれにせよ、『なれのはて』が世に出たら、加藤シゲアキのことを「アイドル作家」と呼ぶ人はもういないと思いますね。

加藤 小川さんが直木賞を取られた『地図と拳』、僕は本が出てすぐの段階で読んでいたんです。当時、僕は戦争を題材にした『なれのはて』を執筆し始めたところだったんですが、戦争を扱うことや、史実に物語をねじ込むことが果たして許されるのかということに関して葛藤がありました。その意味で、同世代の小川さんがどんな風に戦争を描くのか、非常に興味があったんです。読んでみて、めちゃめちゃ励まされましたね。あの小説の舞台は満洲ですが、SFの要素が入った架空の満洲だったじゃないですか。小説なんだから、自由に表現していい。史実を押さえることは大事だけれども、だからといって史実に縛られる必要はないなと勇気をもらったんです。

小川　僕はカンボジアの歴史を題材にした『ゲームの王国』という作品を書いたときに、小説だからといって自由に書きすぎるのは怒られるかなとか、こういう描写は「現実と違う」と言われるかなといった、恐れみたいなのを抱きながら書いていたんです。それが世に出て、いろんな人に読まれていろんな感想をいただいたことで、「もっとやってもいいんだ」と大胆になることができた。その経験があったからこそ、『地図と拳』が書けたと思っています。

加藤　小川さんも最初は、恐る恐る、みたいな感覚があったんですね。

小川　ありましたね、最初は。村上龍さんが『コインロッカー・ベイビーズ』で、「ゲッベルスとジョン・レノンの声紋が酷似している」みたいなことを書いたんですよ。それが本当なのか嘘なのかは別にして、そういうことを、いけしゃあしゃあと書けるのが作家なんだなと思ったんです。

加藤　いけしゃあしゃあ（笑）。確かに。

小川　もちろん、実際に亡くなった方とか、傷ついた方がいる出来事を小説の題材にすることには、ためらいみたいなものは常にあるとは思うんです。ただ、知らないままでいるよりは、知ってもらったほうがいい。僕の本で史実に興味を持って、過去にどういうことがあったとか、どういう人がいたっていうことを調べたり考えるきっかけになってくれればいいなと思っています。歴史を書くうえで、僕の中での倫理コードみたいなのが細かくあったりするんですけど、そこが僕の最終防衛倫理のラインですね。

加藤　わかります。僕も『なれのはて』で、秋田で終戦前夜から当日未明にかけて起きた「土崎空襲」を題材にしようと思ったときに、その地域の出身でもなければ、小説の構想を始めるまで空襲について何も知らなかった自分が、果たして書いていいものなのかどうか相当悩んだんです。でも、あの空襲について知ってしまった以上は、伝えたい。僕の小説が、知るきっかけになってもらえたらいいなと思ったんです。

書くことを通じて戦争を考えてみたい

――今村翔吾さんが23年夏に刊行した初のビジネス書『教養としての歴史小説』の中で、〈10年ほど前までは、大正時代までが歴史小説と現代小説の境界線という解釈が一般的だったように思います。（中略）しかし最近、特に令和以降は、昭和期の太平洋戦争を扱った作品も歴史小説とみなされるようになってきました〉と指摘されていました。ここ数年、現代小説と歴史小説の狭間をつくような作品を、30代から40代の作家が多く手がけている印象があります。この流れをお二人はどのように感じていらっしゃいますか？

加藤　今おっしゃったように、小川さんの『地図と拳』はもちろん、川越宗一さんの『熱源』や逢坂冬馬さんの『同志少女よ、敵を撃て』など、ここ数年、30代から40代の作家が戦争を描いた作品を読む機会が増えたなと思っています。僕自身、元々いつか戦争を描きたいという思いはあったんですが、同世代の作家たちの動きを見ていて、自分もいかなきゃ、自分も一回チャレンジしたいなという気持ちが強まったんです。

小川　僕ら世代の作家って、親が戦後生まれが多いんですよね。戦争の記憶に直接触れようとすると、祖父母の世代にまでいかなければいけなくて、父母の世代に比べるとだいぶ実感が薄い。その距離感が書きやすいのかもしれないですし、僕自身は戦争がなんなのかがわからないから、書くことを通じて考えてみたいって感覚が強いんです。戦争の何が悪いのか、何が悲惨なのか。なんとなく教科書の知識としては知っているけれども、小説って個人の立場になって考えるものなので、実際に書いてみると切迫感が全然違う。戦争に対する実感がない世代だからこそ、実感を求めて戦争の小説を書く、という人は少なくない気がします。

加藤 僕も『なれのはて』を書きながら、戦争についていろいろ考えました。戦争って人が起こすんですけど、人を超えていくんですよね。人格を持っていくというか、一度動き出したら人間には止められない。終わらせるのが本当に難しいものだからこそ、戦争は絶対に起こしてはいけない。戦争を起こさないためには、過去の戦争について知ることがものすごく大事になってくると思うんです。

小川 難しい題材であることは確かだと思います。当事者の声を大事にしようとしすぎて、アンタッチャブルにしてしまうとただただ風化してしまいますし。

加藤 『なれのはて』を書くうえでとにかく意識していたのは、面白い小説にすることでした。

戦争のノンフィクションとか、優れた戦争小説はすでにたくさんあるので、あくまで僕はエンタメとして面白いものを書くべきだな、と。

小川　確かに、面白くなければどうにもならないですよね。ほっといて人が本を読む時代じゃないと思っているので、手を替え品を替えで面白さを差し出して、読者をもてなさなければいけない。面白さに対してはいろんなアプローチがあると思うんですけど、筋の面白さというか、展開が気になるという興味で引っ張って読んでもらうというのは、一つの有力な手法ですよね。『なれのはて』も、本筋の部分はシンプルな「宝探し小説」だったりしますし。

加藤　王道とか定石って、そう言われるだけの力があるんだなと思います。特に今回は、ミステリーの定石をあえて踏襲しながら書いていったところがあるんです。小川さんは……どう考えても定石を無視するタイプですよね（笑）。

小川　『地図と拳』はそうでしたね。早押しクイズを題材にして書いた『君のクイズ』とかは、わりと定石っぽい作りなんですが。

加藤　小川さんがすごいなと思うのは、天才を書けることなんですよ。天才ってご都合主義なキャラクターになりがちだし、優生思想っぽくなったりするから、僕の感覚としては相当難しいんですよね。『君のクイズ』もクイズの天才たちがずらっと出てくるし、『地図と拳』に至っては天才に超能力もくっついてきている。しかも、どの天才も存在に説得力というか、天才と呼ばれるに足る強度がある。

小川　『HUNTER×HUNTER』が好きだからですかね（笑）。

加藤　あー（笑）。

小川　あと、個人的にミスで話が進むのが苦手なんですよ。登場人物の誰かがしくじって、ミスったり足を引っ張ったことで展開が生まれることって、よくあるじゃないですか。たとえば、勇者パーティーが冒険をしていて、珍しい木の実が食べたいとか言い出したやつのせいで危険な森に入って、その森で変なやつに襲われて、そいつが人質になって……とかいう流れが出てくると、「そんなやつ、ほっとけよ！」と。

加藤　愛すべき愚か者ってやつですね。

小川　そうそう(笑)。現実世界ではよくあることなんだけど、フィクションでそれをやられると、作家が話を進めるためにそいつを愚かにしているみたいな気がしちゃって、僕は嫌なんですよ。それもあって、『HUNTER×HUNTER』が好きなんです。『HUNTER×HUNTER』には愚か者も出てくるけれども、お互いに最善を尽くして、相手の上をいくみたいな戦いの連続じゃないですか。自分が書くものもそういう風にあれたらいいなっていうのは、心のどこかにあるんだと思うんです。問題は、お互いがベストを尽くそうとすると、どんどん人間としてのスペックが高くなっていってしまう。そこは作家としての課題でもあるんです。フィクションってもうちょっとシンプルに、等身大の人間が等身大のことをして話が進むものであってもいい。実は今度の新刊(『君が手にするはずだった黄金について』)は、そこを意識して書いた短編を集めています。

加藤　ついさっき見本を頂戴したんですが、帯に「承認欲求のなれの果て」と書いてあって、びっくりしました。

小川　そのキャッチは、編集者が付けたんです。本の中に、「なれのはて」という言葉は出てこないんですけどね。ただ、確かにどの短編もいろいろな登場人物たちの「なれのはて」

が書かれている、と言えなくもない。加藤さんの『なれのはて』もそうでしたよね。

加藤　登場人物たちの、なれのはての姿を書くことが小説なのかもしれない。いいのかな、そんな結論で（笑）。

この経験は作品にきっと活きると信じて

——23年に読んだ本で、面白かったものを教えていただけますか？

小川　川上未映子さんの『黄色い家』。ミステリーでは、青崎有吾さんの『11文字の檻』という短編集と、23年文庫化された浅倉秋成さんの『六人の嘘つきな大学生』がめちゃくちゃ面白かったです。あとは、佐藤究さんの『幽玄F』。飛行機乗りの男の一生を描いた小説なんですが、これはもう完全に「なれのはて」小説です。

加藤　めちゃくちゃ気になります（笑）。僕は、今年読んだ小説だと市川沙央さんの『ハンチバック』が良かったですね。

小川　『ハンチバック』は良かった。

加藤　障害がありながらライターをやっている主人公のXがバレるところから始まる話ですが、『なれのはて』で戦争当事者の方々の証言を元にして小説を書いていたこともあり、当事者性ってなんなんだろうとか、いろんなことを考えました。文章が上手いっていうより、熱い。怒っているんです。怒っている小説って、面白いですよね。あとは、ノンフィクションですが、『母という呪縛　娘という牢獄』。医学部を9浪した娘がお母さんを刺殺した事件について取材した本です。お母さんの娘の人生に対する過干渉は、お母さんの承認欲求の裏返しだったんですよね。めちゃくちゃ怖い本でした。

小川　マンガだと、今年になって読んだんですけど、『葬送のフリーレン』。

加藤　面白いですか!?　いろいろなところで名前は聞くんですよ。

小川　僕は23年にマンガ家と結婚したんですよ。山本さほさんという人で、彼女はマンガ家なのにそれほど熱心にマンガを読まないんです。でも、2つだけ僕におすすめできるマンガがあるって言うんですね。一つが『キングダム』で、もう一つが『葬送のフリーレン』

なんです。それで読んでみたら、めちゃくちゃ面白くてびっくりしました。あっ、『キングダム』ももちろん最高です。

加藤　マンガだと、髙橋ツトムさんの『JUMBO MAX』が最高でしたね。『ブレイキング・バッド』みたいな感じで、おじさんが違法ED薬を作る話です。笑えるんですけど、クライムストーリーとしてめちゃくちゃよくできている。説明すらも躊躇する展開が目白押しです（笑）。

――では、23年を振り返ってみていかがでしたでしょうか？

小川　去年ぐらいからそうだったんですが、変な年でしたね。2年前とか、スケジュール帳が真っ白だったんですよ。「さて、今日はなんの小説書くかな」みたいな感じで一日が始まっていたけど、今年は平日はほとんど毎日何かしらの仕事が入っていて、取材を受けたりトークイベントに出たり。ラジオ番組も始めましたし（TOKYO FM『Street Fiction by SATOSHI OGAWA』）、小説以外のことをいっぱいしました。世間的には1月に直木賞を受賞して、ステップアップの年だったように見えるかもしれないですけど、賞をもらっても別に小説が上手になるわけじゃないんですよね。だから、自分の中で小説家としてステップアップしたって感覚はあんまりなくて、むしろ時間を取って執筆できなかったぶん、停滞しちゃったかもしれないみたいな気持ちもなくはないんです。来年からはちょっとモードを変えていきたいなとは思っています。

加藤　僕は……23年は一生忘れられない年になりましたね。まさか『なれのはて』を出す年に、事務所が解体になるとは想像もしていませんでした。今もいろんなことを自問自答したり、自分に何かできたことはなかったのかと自己批判を繰り返しているところです。一方で、今の状況を俯瞰で見ている作家としての自分も頭のどこかにいて、「全部記憶しておこう」とめっちゃ思っています。自分の気持ちの動きとか、人にどういうことを言われるのか、何が起きているのか。それを直接小説で書くつもりはサラサラないけど、何かの作品にきっと活きるんだろうなと信じています。

小川　いいですね。感情的にはマイナスの方向ですが、未知の体験、新しい体験ですもんね。だいぶ強烈な食材をいっぱい仕入れたと思う。それを一旦置いておいて熟成させたところで、他の意外な食材と組み合わせたりすると、加藤さんにしか作れない唯一無二の料理ができるかもしれない。

加藤　頑張ります。正直、毎日疲弊することばかりだけれども、たくましく生きていきます（笑）。

小川　外から見ていて良かったんじゃないかなと思うのは、事務所の問題と、作家としての仕事は関係ないじゃないですか。小説は、芸能の仕事ではなくて、個人の作品だから。そういう回路を持てていたことは、加藤さんにとっても応援する側としても、いいことだったと思いますね。

加藤　そう思いますね。今の自分に小説があって良かった、と心から思います。本当はしばらく次の作品のことを考えたくなかったんですけど、小説への恩返しのためにも、またやらなきゃなという気持ちになっています。

小川　次はどこへ行くんですかね？　とりあえず、京極（夏彦）さんの『鵼の碑』の分厚さを目指すのはどうですか（笑）。

加藤　いやいやいやいや!!（笑）

あとがき

「あとがき」と聞いて、何を思い浮かべるだろうか？

多くの場合、「あとがき」は誰かに感謝している。とりわけ海外の作家は、数ページにもわたって固有名を列挙して感謝したりする。担当編集者や本の執筆に協力してくれた人や支えてくれた家族や飼っている犬の名前などを書き連ねて、「君たちがいなかったらこの本は存在しなかった。心から感謝する」みたいなことを書く。

僕は筋金入りのへそ曲がりなので、他の人と同じことをしたくない。とはいえ、本書は普通の小説と違って、本当に多くの人の協力によって完成している。僕がやったことといえば、一年半にわたって好き勝手なことを喋っただけだ。その後始末を無数の大人がやってくれたおかげで、この本が存在している。

困った。

へそ曲がりの僕と、「感謝しなければならない」という事実がぶつかり合っている。

というわけで、折衷案として、この場を借りて「謝罪」をしたいと思う。

まずは、毎週番組を編集してくれていたスタッフに謝罪したい。

正直に白状すると、『Street Fiction by SATOSHI OGAWA』をやっている間、僕は一度もオンエアーを聴いたことがなかった。不特定多数に向けて、偉そうに何かを語っている自分の声を聴くのが恥ずかしいということと、聴き返すとどうしても「ここであの話をすればよかった」とか「どうしてこんなことを口にするのだ」とか考えてしまい、「反省しない」という自分の決意を破ってしまうことになるということ、その二つが主な理由だ。せっかく作ってくれた「番組」という作品を、僕は確認していない。ごめんなさい。

ついでに、もう一つスタッフに謝罪したい。

別の仕事で会った人から「番組聴いてます」と頻繁に言われたものだが、その際にかなりの確率で「選曲のセンスがいいですね」と褒めてもらえた。そういうとき、いつも僕は「ありがとうございます」と、さも自分のセンスがいいかのように振る舞っていたけれど、選曲していたのはスタッフで、僕は一切関わっていない。もっというと、一度もオンエアーを聴いていないので、どんな曲が選曲されていたのかも知らない。この点についても謝罪したい。なんなら、もし「選曲のセンスが悪いですね」と言われたら、「あれ実は、スタッフが勝手に選んでるんですよ」と答える準備までしていた（幸いなことに、一度も言われたことがないけれど）。ごめんなさい。

そして、僕があまりにも幸運なので不運なことがあった人に謝罪したい。

こうしてラジオ番組の本を作るにあたって、初めて自分の番組を聴き返したのだけれど、僕が思っていたよりもずっと面白かった。もちろんその面白さはすべてゲストとスタッフのおかげなのだけど、日曜日の早朝という変な時間に放送しているラジオが本になる理由がわかったような気もした。とはいえ、こんなに楽しい仕事をさせてもらって、身の丈に合わないゲストと話をする機会までいただいて、（そんなに大きな金額ではないけれど）出演料までもらって、しかも本になったおかげで印税までもらって、なんだかすみません。

最後に、僕が準備も反省もせずに喋ったことの後始末をしてくれたすべての方に謝罪したい。番組に出演してくださったゲストの方、書籍への収録を許諾してくれた方、番組のスタッフ、この本を作るために協力してくれたすべての方。

あと、企画を持ってきてくれた担当の重松さん、なんだかよくわからない形で間に入った奥村さん。とりわけ、この本は重松さんがいなければ絶対に存在していませんでした。KADOKAWA がサイバー攻撃を受けて大変な中、お疲れさまでした。

そして最後に、お金を払ってこの本を買ってくれた読者のみなさま。

願わくは、みなさんの中に、この本の何かの言葉が残りますように。

残らなかったら……ごめんなさい。

自宅最寄りの喫茶店にて　小川哲

本書籍は2023年4月2日〜2024年9月29日にTOKYO FMでON AIRされた番組『Street Fiction by SATOSHI OGAWA』をもとに制作しております。

協力
延江浩／久米香織（株式会社エフエム東京）
伏見竜也（株式会社ラトル）
岩崎育郎（株式会社ジャパンエフエムネットワーク）
西澤史朗
伊藤慎太郎（株式会社森のラジオ）
藤原明海（有限会社メガハウス）

取材・構成
吉田大助（加藤シゲアキ）

構成
河村道子（万城目学、小泉今日子、渡辺祐真、千早茜、古川未鈴、
太田光、九段理江、加納愛子、福本伸行）
阿部花恵（逢坂冬馬、濱口竜介）

撮影
山口宏之（加藤シゲアキ）

カバー写真
小見山峻

ブックデザイン
岡本歌織（next door design）

DTP
川里由希子

校正
向山美紗子

小川 哲（おがわ　さとし）
1986年、千葉県生まれ。東京大学大学院総合文化研究科博士課程退学。2015年、「ユートロニカのこちら側」で第3回ハヤカワSFコンテスト〈大賞〉を受賞しデビュー。17年刊行の『ゲームの王国』で第31回山本周五郎賞と第38回日本SF大賞を受賞。19年刊行の短編集『嘘と正典』が第162回直木賞候補となる。22年刊行の『地図と拳』で第13回山田風太郎賞と第168回直木賞を受賞。同年刊行の『君のクイズ』が第76回日本推理作家協会賞〈長編および連作短編集部門〉を受賞。

Street Fiction by SATOSHI OGAWA

2024年12月16日　初版発行

著者／小川 哲

監修／TOKYO FM / JAPAN FM NETWORK

発行者／山下直久

発行／株式会社KADOKAWA
〒102-8177　東京都千代田区富士見2-13-3
電話　0570-002-301（ナビダイヤル）

印刷・製本／TOPPANクロレ株式会社

●お問い合わせ
https://www.kadokawa.co.jp/（「お問い合わせ」へお進みください）
※内容によっては、お答えできない場合があります。
※サポートは日本国内のみとさせていただきます。
※Japanese text only

定価はカバーに表示してあります。

ISBN 978-4-04-115535-6　C0093
JASRAC 出 2408025-401